U0959624

与书为伍

叶兆言散文精选

叶兆言 著

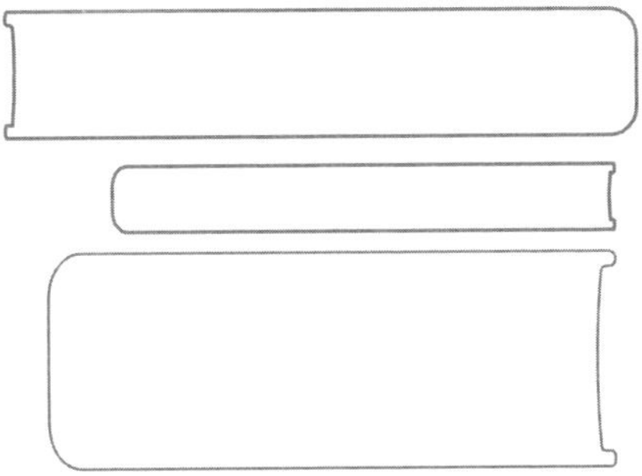

译林出版社

图书在版编目（CIP）数据

与书为伍：叶兆言散文精选 / 叶兆言著. — 南京：译林出版社，2023.12
ISBN 978-7-5447-9932-4

Ⅰ.①与… Ⅱ.①叶… Ⅲ.①散文集－中国－当代
Ⅳ.①I267

中国国家版本馆 CIP 数据核字（2023）第 183581 号

与书为伍 叶兆言 / 著

责任编辑 张 黎
装帧设计 薛顾璨
校　　对 梅 娟
责任印制 闻媛媛

出版发行 译林出版社
地　　址 南京市湖南路 1 号 A 楼
邮　　箱 yilin@yilin.com
网　　址 www.yilin.com
市场热线 025-86633278
排　　版 南京展望文化发展有限公司
印　　刷 江苏凤凰通达印刷有限公司
开　　本 850毫米 ×1168毫米 1/32
印　　张 8.25
插　　页 2
版　　次 2023 年 12 月第 1 版
印　　次 2023 年 12 月第 1 次印刷
书　　号 ISBN 978-7-5447-9932-4
定　　价 39.00 元

版权所有 · 侵权必究

译林版图书若有印装错误可向出版社调换。质量热线：025-83658316

目 录

第 一 章

借书满架

文学的美好时代

文学少年

一九七四年，我十七岁，高中刚毕业，说懂事，什么都懂了，说不懂，真正明白的事实在太少。那是个知识青年被成群地赶进深山的年代，一切都被扭曲，一切都很荒唐。我是那个时代带着几分奇怪的标本，算是高中毕业，实际水平比初中生还差。我留过一级，从农村回到南京后，又莫名其妙跳了一级，甚至还泡过将近一年的病假。读不读书、上不上课都一样，我的字写得像小学生，像外国人写中文，错字别字连篇。高中毕业考试，考数学是珠算，我们只学过加减乘，连除法都没来得及学。

我那时唯一值得自豪的，就是书看得多，相对而言的多。父亲是南京的藏书状元，所藏的书绝大多数是翻译过来的外国小说。“文化大革命”后期是我拼命看世界名著的年代。卖弄自己看过的外国小说，一向是我的嗜好。多少年来，我一向自以为是，觉得在阅读方面没人吹牛吹得过我。我的父亲毕竟是藏书状元，强将手下无弱兵，父亲在他那辈人中读书最多，我自然在我这一辈中也没有什么对手。为了在吹牛时立于不败之地，我实实在在读了不少书。

因为祖父在北京，我经常有机会去，一去就住很长时间。北京这地方多少有些巴黎的沙龙气氛，即使在“文革”后期这一特殊阶段也不例外。作为一个经常有机会接触沙龙的外省文学少年，北京老家给我在文学上的影响的确太重要。我的堂哥三午长年累月在家歇病假，他的客厅永远有人高谈阔论，胡说八道。三午的客厅是当年北京一些诗人们经常光顾的地方。那是些看上去神经兮兮的年轻人，没日没夜，高兴时来，尽兴则去。三午的客厅常常有人高声朗诵诗，有时候是诗人自己朗诵，有时则是由漂亮的女郎代劳。漂亮的女郎多半是诗人的崇拜者，多才多艺，会唱会弹钢琴。

三午自己就是一个很不错的诗人。我曾在他的客厅里朗诵过他的诗。他的诗免不了有些颓废，有些痛苦，当然也有些矫情。我之所以在客厅卖弄他的诗，原因是三午在念自己的诗时大哭起来。事实上我也是一边流眼泪，一边朗诵。在三午的客厅里，感动得哭起来是一桩雅事，没什么可难为情。对于这样的场面我已经太熟悉。常常有人写了一首好诗，大家喝彩，于是当场作曲，当场唱。有首根据三午的诗作曲的歌在北京的一小圈子里曾经很流行，诗如下：

不要碰落麦芒上
凝结的露

不要抹去睫毛上
颤抖的泪

露珠里映着
整个的太阳
泪滴里闪着
我们走过的路

脚在田野里迈
衣领上全是露水
心在生活里滚
脉搏上全是泥和泪

露在深深花蕊
泪在层层心田
烈火枯竭源泉
烘不干露和泪

手捧起滴滴露珠
便成一道瀑布
心积起颗颗泪滴
那是无边的海

不要碰落麦芒上
凝结的露
不要抹去睫毛上
颤抖的泪

这诗写于一九七二年十月十日，以今天的眼光看，当然算不了什么好诗。文学从本质上来说就是历史，在历史的参照系数面前，我们说大话最好留些余地。关键是那种氛围，与世隔绝，与世无关。

三午另一首诗似乎写得更好一些：

摸熟了块块斑驳的门牌
翻厌了张张嘈杂的脸儿
从来到人世，我
就揣着一封无法投寄的信

羞愧　不安　焦急
憧憬　痛苦　渴望
从来到人世，我
就揣着一封无法投寄的信

这诗从来没有变成铅字发表过，三午写了近百首诗，然而任何一本谈诗人的书都不会见到他的名字。

一九七四年，我这个十七岁的外省文学少年，在三午的客厅里，开始了最初的文学梦想。沙龙的气氛自然使我向往成为诗人中的一员，我老气横秋地加入了侃文学的清谈，指点江山，信口开河。这些诗人说到底也不过是一些文学青年，大家生活在浪漫的诗意中，悄悄地较着劲。和年轻狂妄的画家们相仿，都觉得自己行，都看不上别人。那一代诗人似乎都喜欢巴尔蒙特，他们都喜欢这句话：

我来到这个世界上
只是为了看看太阳

三午的客厅里常常为了诗吵架。诗人最多，有作曲的，有唱歌的，有画画的，有摄影的，还有研究哲学的。有的显然是风流潇洒的公子哥儿，一脸的“八旗子弟”样；有的却像乞丐，衣衫褴褛，只差随地吐痰擤鼻涕。所有这些人都是野路子，是诗人一定颓废，一定朦胧，画画的离不开一个怪字，都喜欢留长发，言谈时，最擅长的一句话就是：

“这哪儿是诗，这哪儿叫画！”

我毕竟只是文学少年，除了多读过几本书之外，一无可夸耀处。在烟雾缭绕的客厅里，我学会了说“这哪儿是诗，这哪儿叫画”。我做梦也不会想到多少年后，自己会成为一个小说家，会跻身于混稿费的人流中。

三午是我们叶家第三代人中最有希望成为作家的一个人，

他身上有饱满的诗人气质，他写诗，看小说、吹小说，发疯地喜欢外国音乐。三年常说，他喜欢文学，是受我父亲的影响。他说起我父亲不该中途放弃写作时甚至掉眼泪。我父亲早在二十岁前就写了一大堆短篇小说，不止一个人说过我祖父是“中国的契诃夫”，但是三午一向认为，如果我父亲不停笔，真正成为契诃夫的应该是他。我父亲把爱好文学的毛病传染给了三午，这毛病最终又到了我头上。朱自清先生曾夸我父亲少年时的文章写得“头头是道，历历如画”，说父亲的小说中有“他自己健康的调皮和机智”。三午总是为我父亲抱屈，他老说：“叔叔的小说太不合时宜。”

不合时宜的评价同样适合于三午自己，适合于那一代过早来临又过早凋谢的年轻诗人们。父亲在和我谈起三午的遗诗时曾经说过，时至今日，三午的诗歌完全可以发表。这的确也是实情，今日已是个诗人多如牛毛的年代，出版物泛滥，只要是诗，只要是那些分了行的短句子，混迹于刊物之上并非太难。可是三午的诗毕竟只适合于他曾经活着的那个时代，他的诗，包括他在内的一代诗人，说到底仍然是时代的产物。

我从来不认为三午的诗最好，即使当年我作为一个外省的文学少年，跟在三午后面亦步亦趋，志大才疏且又装腔作势，我也不甘心做一个像他那样的诗人。我的偶像是一位更年轻的诗人，他是那年头突然闪现出的新星中最灿烂夺目的一颗星。当年北京民间沙龙中几乎没有不知道毛头的诗的人，毛头要比三午年轻得多，他狂妄地出现在三午的客厅里，目无一切，孤芳自赏。

他似流浪汉的姿态睡倒
盖着当天的报纸，枕着黑面包
不在乎胡须上滴下的口水
也不在乎雀斑，在他脸上充满
嘲笑

这幅艺术家的速写似乎更适合于毛头本人。

毛头是个天生的艺术家，他会唱歌，正经学过西洋美声唱法。那时候，谁手头有一盘好的意大利歌剧带，谁就有幸在短时期内，做他最好的朋友。孤傲的毛头并不是和什么人都可以交朋友，我对毛头的身世不太熟悉，只知道他家境不错，人在白洋淀插队，并且知道他曾当过学习毛泽东思想积极分子。在我作为文学少年的那个年头，父亲的书和三午的客厅，潜移默化地使我和文学产生了不解之缘，毛头的行为却直接为我提供了模仿学习的榜样。毛头似乎具备了一个和常人不同的大脑，他的诗永远让人感到新奇，感到震惊。我那时候虽然已经知道洛尔迦，知道普希金，知道巴尔蒙特，但是活生生的毛头比任何一本诗集更能影响我。

毛头的诗实在太多，太多，他每年都为自己编一本诗集。他的身上永远揣着笔，走到哪儿，想到哪儿，有时灵感来了，扯上一张纸，唰唰记下，然后把纸片藏进口袋里，继续海阔天空说大话。据说每年的十一月下旬，是他结集的痛苦时期。在这时期里，他把自己关在房间里，把写在乱七八糟纸片上的诗整理出来，绞尽脑汁，怨天怨地，就仿佛女人坐月子。他年年都掉一身肉，胡子拉碴，死去活来。大功告成，他又开始神气十足，重新露面。

毛头的魅力在于他自身就是一首充满激情的诗，他对诗歌本身的迷恋，对文学的执着，只有“过分”这两个字才能形容。一九七六年的唐山大地震把北京人吓得不轻，到处有严重世界末日之感。毛头当时的行为最可笑，他拎着个旅行包，包里装满了他自己手抄的诗集，灰溜溜的像个流窜犯，非常狼狈，形迹可疑地东躲西藏。面对大自然的威胁，别人不过是怕死而已，他在怕死的同时，更担心他的天才作品会毁灭。

和大多数文学少年一样，我最初的文学梦想就是写诗，做个像毛头那样的诗人，生产太多太多的诗，满满一旅行包，拎着到处走。在三午的客厅里，我学着三午或毛头的口吻，堂而皇之地说着“这哪儿叫诗，这哪儿是小说”。既然我认为毛头的诗最好，便老气横秋用毛头的诗来压别人的诗，像不像毛头的诗是我在相当长一段时间内判断好诗坏诗的唯一标准。

我学着毛头的样子开始写诗，疯疯癫癫，绝对形似。我在纸片上，小本子上，甚至书的空白处胡乱涂抹。十七岁那一年真值得我很好地回忆一番，我开始学着抽烟，偶尔也喝点酒，变得有些颓废，玩世不恭。我母亲因此对三午耿耿于怀，老觉得我是跟他学坏的。我的读书也是在那时候开始发生变化，我从雨果的忠实信徒，突然转变为对整个的十九世纪西欧文学格格不入。浪漫主义文学作品尚未读完，我已经跳过了现实主义文学作品，一头栽进了二十世纪西方现代派文学的皮毛之中。爱伦堡的《人·岁月·生活》给了我无穷无尽的知识，当我回到南京，远离北京的沙龙，我便在爱伦堡的回忆录中寻找刺激。我决心不顾一切地写诗，希望有一天能在三午的客厅里像毛头一样露脸。

诗人也许真是天生的，我很快就写了不少分了行的诗。这些诗丑陋得让人感到恶心，我学会了做作，学会了矫情，学会了把句子折腾得疙里疙瘩，就是写不出一句像样的好诗。在我的文学少年时代，令我最痛心的一桩事，就是发现自己实际上根本不可能成为一个好诗人。我经常独自到野外去找诗，寻章摘句，在春天的草地上，想着想着便睡着了。干别的什么事时，我的脑子里老在想诗，等到正正经经要写诗，又肆无忌惮地开起小差。我像诗人一样活着，神经兮兮，无病呻吟，和当时的时代绝对格格不入。我进了一家小厂当工人，早出晚归，逃避一切政治学习，并且从来不看报。当时的那些出版物和我没任何关系，在越来越意识到自己的诗写得实在不像话的时候，我便发誓，除了外国小说，我什么都不看。

几年以后，形势发生了重大变化，小说尤其是短篇小说开始时髦。我考上了大学，也跟着起哄写小说。最初的小说和我最初的诗歌一样糟糕。我曾把这样的小说寄给北岛，北岛看了以后写信给我，说我的小说不行，但是很有写诗的潜力。他夸奖我有良好的感觉，大可以在诗坛上闯一闯。他的客气话让我绝望了很长时间。如果我的小说感觉还不如诗，要走文学这条路还不如去寻死。我已经清楚地知道自己的诗歌无可救药，而的的确确正在明白，我的小说实在不怎么样。时至今日，我的小说仍然没有真正写好过，重温旧作，羞愧难忍，苦不堪言。十年来我能不懈地写小说，和退稿做斗争，本身就是桩了不得的奇迹。也许是为了赌气，当然也是因为自己另寻新欢以后，太喜欢小说这玩意儿，我总算没像写诗那样半途而废。

十几年前，有一个文学少年幻想着将来会是个惊世骇俗的诗人。和大多数美好的理想注定要破产一样，我的诗人梦遥远得仿佛是别人的故事。我并不后悔自己销毁了那些惨不忍睹的诗稿。时光不会倒流，艺术永无止境，过去的一切都化为亲切回忆。我怀念三年，忘不了毛头，多少次旧梦重温，老毛病再犯。我向那个已经死去的已经虚无缥缈的我招手致意。海枯石烂，这毕竟是一个不能忘怀也无法忘怀的我。我看着我，脉脉含情，顾影自怜。我们曾经是个整体，我们永远是整体。

我们彼此思念
仍在无声地前进
就像雪橇
在伤口上继续滑行

文学青年

我写第一篇小说是上大学一年级的时候，写作的原因完全是受了作家方之的诱惑。方之是我父亲的挚友，那时候刚从下放的农村调回南京，房子尚未落实，整天泡在我们家聊天。聊得最多的是他一再声称要写的小说，就那么几个故事，反复说，一直说到别人厌烦为止。除此之外，他老是想不通地质问我为什么不写小说。随便和他说着什么，他动不动就眼睛一瞪，非常严肃地说：

“这完全可以写一篇小说，写下来，你把它写下来。”

于是我就试着写一篇小说。当然刚开始只是用嘴写，我告诉方之，自己打算如何如何写，开局怎样，结局又怎样。方之总是点头称好，说他正在筹备一个专为青年作者提供机会的文学刊物，我的小说写出来以后，可以在那上面发表。

我那时候对发表小说的兴趣并不大，也许是自己书见得人多了，从小生活在书的世界里，家里到处都是书，总觉得一个人有几个铅字印出来，实在算不了什么。使我入迷的是那些世界级的外国作家，人人都写了一大堆作品，和他们相比，中国作家简直就不能算是作家。方之一有机会就问我小说写得怎么样了，我便一次次敷衍他，说：“就写，就写。”

一直到方之筹备的文学刊物创刊，我许诺要写的小说仍然没有一个字。这个刊物就是后来一度大红大紫的《青春》。创刊号上的头题小说是李潮的《智力测验》，李潮是与我从小一起长大的好朋友，看了他的小说，我不免有些羡慕，也有些嫉妒，于是正经八百地开始写那篇在嘴上念叨了无数遍的小说。

我写的这篇小说名字叫《凶手》，开头的场面颇有些传奇色彩，一位杀了当代花花公子的青年人，在一个风雨交加、电闪雷鸣之夜，背着铺盖敲开了派出所的大门，向正在值班的警察投案自首。接下去便是倒叙，以凶手的口吻，叙述一场凶杀的全过程。小说的结尾也很有戏剧性，凶手忍无可忍，接过匕首，为民除害，破膛开肚，把仗势欺人的花花公子杀了。

这是一篇非常拙劣的短篇小说。写到一半的时候，方之便从我手上抢过纸片，一段一段地看，一边看，一边笑。那时候正是“右派”改正不久，我父亲、方之、高晓声、陆文夫、梅汝恺，几位为同一桩事打成“右派”的难兄难弟，常常有机会就聚在一起喝酒谈文学，方之最不善饮，几口酒下肚，把我正在写的小说当笑话，讲给大家听。大家都觉得方之是在为我的事瞎起劲，明摆着，当时我写的这种小说绝对不可能发表。伤痕文学虽然正走红，但因为描写了阴暗面而屡遭非议，我的小说比伤痕文学走得更远，因此父执们都觉得方之太书呆子气。

小说终于写完，方之也承认这小说的确难发表。有一次，方之组织了一次座谈会，讨论当时得全国奖的短篇小说，议题是说坏不说好，大家不妨横挑鼻子竖挑眼，谈谈这些得奖小说的不足。别人发言的时候，方之把我的小说又细细读了一遍，会一散，他拉住高晓声，说：“兆言这篇小说，我们帮他加工一下，说不定还真能用。把高干子弟改了怎么样？”

我已经记不清高晓声当时说了句什么，反正他当时很不以为然，笑着，看着似乎还有些孩子气的方之。

方之让他看得有些不好意思，说：“老高，怎么啦？”

我的小说最终果然没有发表，尽管有方之为我力荐，不止一位编辑说这小说不错，但是无一例外的是在终审的时候被淘汰下来。多年以后，安徽的一位老编辑写信给我父亲，仍然为我的小说发不出来耿耿于怀。小说的原稿早不知到哪去了，有一段时间内，我手上积了近三十万字的手稿发表不了。我和退稿笺结下了不解之缘，铅印的或者编辑手写的不无痛痒的三言两语，常常让我羞愧难当，恨不得将手头正在写的稿子扔掉。有几篇稿子在寄来寄去的途中遗失了，有的却是编辑部懒得退稿，时间长了，写信去讨，连回信都没有。我至今也不明白我的第一篇小说到哪去了，反正也不是一篇好小说，根本谈不上心疼。让我念念不忘的，是已故的方之当年对我的诱惑，没有他，我根本不会写我的第一篇小说。

我发表的第一篇小说，刊登在我们自己办的油印刊物上。那是一本地地道道的民间刊物。发起人，都是一班从小就认识的朋友。我们的刊物叫《人间》，在当时很有些影响。人间杂志社刚开始分两批人马，一批是写东西的，如顾小虎、李潮、徐乃建、黄丹旋、吴倩，另一批是画画的，如刘丹、朱新建、丁方、高欢、汤国。这批人在二十世纪七十年代末，很有些新潮的味道。有些人已经饮誉当时的文坛，如顾小虎，他是顾尔镡的公子，发表在《上海文学》上的一篇评论文章，反响很大。李潮和徐乃建是二十世纪八十年代初期十分走红的两位青年作家。黄丹旋和吴倩都去了美国，依然继续在写，听说已得了好几个台湾和海外华语报的文学奖。画画的混得也不差，刘丹早就去美国淘金，他的妻子便是那位大名鼎鼎的“洋贵妃”魏莉莎。朱新建是这几年风行画坛的新文人画的创始者，他属于“半仙”，法国和比利时都去过一阵。其他几位自然也不弱，各人有各人的成就，各人有各人的福分。

刚开始办《人间》的时候，“四人帮”刚粉碎不久，“左”的思潮尚存。动不动就有人跳出来扣帽子。很多人好心地要我们吸取父辈当年办《探求者》的教训。然而我们根本不肯听劝，一个个仿佛中了邪，别人越说越来劲。

《人间》结果只办了两期。办刊物实在不是桩容易事，我们那时候个个囊中羞涩，而且都缺乏动手的能力。刻钢板天经地义是由画家们承担了，而对于这些未来的大画家们来说，刻钢板自然有些委屈了他们。办油印刊物，画家们除了刻钢板、刻那些线条最简单的插图，没任何用武之地。此外，要去买纸，买油墨和订书机，乱七八糟的事多得不堪设想。

刊物办不下去最主要的原因是没稿子，当时作为两大主力的李潮和徐乃建，都因为外面约稿太多，自己写的小说在不在《人间》上发表无所谓。民间刊物的宗旨说穿了很简单，主要是为了发表那些公开出版的刊物上发表不了的东西，一旦大家的发表渠道畅通，民间刊物的气数就到了头。那时候民间刊物又叫地下刊物，和今天的“黄色”刊物不同，当年我们的刊物很有些艺术追求，发表的小说水平应该说在许多公开发表的小说之上。

我发表在《人间》上的那篇小说叫《傅浩之死》，这一期共刊登了四篇小说，除了我写的一篇，其他三篇都是女作家的。《人间》的几位女将特别能折腾，到哪都特别热闹，南京的文坛因为有了这几位女将，很长一段时间内，都显得阴盛阳衰。

虽然是油印的，这毕竟是我的第一篇发表的作品。小说的情节今天看来实在不值一提，写一个书呆子兮兮的人物，在“文革”中，因为喝酒说了一些不该说的话，被别人向“造反派”告了密，酒醒以后，吓得半死，于是决定自杀，他跑到了一座悬崖边上，在跳崖之前，把赶来的“造反派”痛痛快快地骂了一顿，越骂越痛快，结果有人从悬崖后面爬了上去一把抱住了他，他没死成，然而因为积累在心头的怨恨已发泄了，竟然不想死了，决定好好地活下去。这篇小说后来因为朋友的帮忙，发表在安徽的《采石》上。

《人间》时期是我文学活动中的一个重要时期，正是从这一时期，我的兴趣开始转到了小说上。在这之前我觉得写小说很容易，在这之后，我因为连续不断的退稿，越退稿越赌气。我认定了一个死理，那就是别人小说能写好，自己就一定能写好。况且我常常感到别人的小说事实上写得很不好，从《人间》时期开始，我才正式把写小说当回事。

我非常怀念《人间》时期，一本印得很糟糕的《人间》，记录了我的文学青年时代。那是一个躁动的、不安分的时代，充满了生机和活力。

我真正变成铅字的第一篇小说，应该是发表在一九八〇年第十期《雨花》上的《无题》。那年暑假，我的创作热情高涨，除了骑自行车几百公里去和女朋友相会之外，我一口气写了八个短篇。《无题》便是其中一篇，只花了一天的时间，写完以后，父亲看了觉得不错，当时《雨花》正准备发一期江苏青年作家专号，父亲说可以把这篇小说交给当时正负责编专号的高晓声，但是字写得太潦草了，最好重抄一遍。我脑子里酝酿的另一篇小说已经成熟，因此也懒得再抄，结果是父亲为我誊写了一遍。在父亲还没来得及誊写完之际，我的另一篇小说《舅舅村上的陈世美》也写好了。

《舅舅村上的陈世美》发表在一九八〇年《青春》的第十期上。这一期的《青春》是处女作专号，虽然是和《无题》同时问世，却因为在此之前我未曾有过铅字，因此大胆老脸地打了确系处女作的招牌。没有多少人知道我一下子发了两篇小说，这最初的两篇小说，我竟然斗胆用了两个名字，一个是真名，另一个却是笔名。我那时候对自己有一种莫名其妙的自信，从一九八〇年十月到一九八一年三月，不到半年的工夫，我发表了五篇小说，用了三个笔名。我自我感觉良好地认为，在未来的日子里，将有好几个都是属于我的名字在文坛上大红大紫。人们将惊喜地发现，原来谁谁谁、谁谁谁，还有谁谁谁，都是我。

我将《无题》寄给了祖父，祖父让我的堂哥给他念，念完了，祖父写信给我，说这篇小说写得不错，说出了一点意思。《舅舅村上的陈世美》，我觉得写得不好，因此就没往北京寄。事实上，《无题》在读者中反响极小，而《舅舅村上的陈世美》倒使我收到了好几封热心的读者来信。记得有一封是一个农村的女孩子写来的，写得很动情，她把我当成了小说的主人公，对我的遭遇深表怜悯，而且乐意当我的小妹妹。

我的第一篇真正有影响的小说，是五年以后发表的《悬挂的绿苹果》。我的感觉良好短暂得不可思议。发了最初的五个短篇小说以后，连续五年，我一篇小说也发表不了。

退稿实在是一种磨难和不幸，我的信心打了很大的折扣，在频频退稿的日子里，我总有一种自己犯了错误的恐慌。写小说对于我来说，逐渐变成了一桩赌气的事，我把所有的退稿收集在一起，挑一个好日子，统统寄出去，然后带着惆怅的心情，愁眉苦脸地等待小说鸽子似的一个接一个飞回来。再寄出去，再飞回来，如此不断循环，周而复始。时来运转的美梦做多了，我对写作的前景如何已无所谓。退稿退多了，我一赌气，干脆就把稿子放在抽屉里。

写《悬挂的绿苹果》，正是我准备硕士论文期间。这一年也是我可爱的女儿出生的年头，该花钱偏偏手头拮据，人穷志短，我不得不托朋友把这篇小说转到《钟山》编辑部。一年以后，小说竟然在一个不起眼的位置上发表了，我赶快用那笔稿酬买了一个小电冰箱。想不到我这篇小说会得到当时南北两位很红的青年小说家的称赞。南方的是王安忆，她写了一封热情洋溢的信给编辑部，大大地夸奖了我一番。北方的是阿城，我的小说发表一年以后，电影厂的一位导演写信给我，说是他去拜访阿城，阿城说我那篇小说是那一年度发表的最好的小说。这究竟是不是阿城的原话我很怀疑，不过阿城确实不止在一个人面前表扬过我。他去美国以后，写信给我的朋友时，还提起我，说我真是个写小说的人。

我很难用笔墨表达对这两位作家朋友的感激，尤其对阿城，虽然都活在这个地球上，至今也没机会见过一面。走红的作家有时一言九鼎，王安忆和阿城对我的赞许起了非常了不起的广告作用，终于有编辑找我组稿来了，来了便摆谱，便侃阿城怎么说怎么说，王安忆又怎么说怎么说。上海的陈思和与杨斌华率先为《悬挂的绿苹果》写了评论，我这篇并不起眼的小说悄悄地走起红运来，得了让人羡慕的“钟山奖”，还差一点中了两年一度的全国奖。

时过境迁，人生无常。如今稿债累累，常常听好话，偶尔还参加笔会游山玩水，想起自己过去的遭遇，免不了一种小人得志的感伤。小说的艺术本来是无止境的，我清楚地知道自己的小说并不如想象中那么好。《悬挂的绿苹果》给我带来了好运气，仅仅是凭这一点，我就应该感谢这篇小说，当然更感谢那些热情关心我的朋友，没有他们，我也许至今仍然一事无成。

作文经历

居然成为一个作家，有些说不清楚。已到四十不惑的年龄，回头看，仍然不明白自己为什么成了作家。我从小就看不起作家，家庭给我的教育，是长大了以后，干什么都行，只有一样例外，那就是别写东西，别当什么作家。

在读书的年代里，我身上见不到任何文学才能。我是个平庸的学生，作文永远中等，往好里说，至多中等偏上一些。记忆中，似乎出过两次风头，一次是在农村上小学，老师让我们把毛泽东的七律《送瘟神》改成散文，我以老人家的口气，一口气写了不少，大胆假设，无心求证，自以为是代言人，说得头头是道。语文老师是一位退伍军人，对我的作文赞赏不已，给了一百零五分。记得他振振有词，说毛主席曾教导过我们："有创见的作文，就应该得高分，不仅要高，而且可以超过一百分。"我们很喜欢这位语文老师，根本没想到他是在伪造。

那时候，我是个孤苦伶仃的小男孩。想念在城市中的父母，他们被关在牛棚里，隔离审查，整整一年多，没有任何消息。我被遗忘在了农村，遭人冷落，受比我大甚至比我小的孩子欺负。那是见不到爱心的岁月，虽然前后在农村只待了两年多，可是这两年，比二十年都漫长。能写出一篇让语文老师叫好的作文，原因不过是寂寞，找到了一个发泄好途径。不妨想象一下，一个十一岁受压抑的男孩，突然有机会模仿领袖的口气说话，这是一件多么痛快的事情。

中学快毕业，有一次作文是写家史。当然不是写自己的家史，老师让我们去居委会，采访张大妈李大娘。于是一窝蜂拥向居委会，听老太太们说以前的事。说的故事都差不多，不外乎控诉，不外乎忆苦、思甜，都是一个模式。我没有认真听讲，写作文时，又一次大胆假设，一口气写下去，把一本新的作文簿全部用完。好像又一次得到了老师的表扬，说态度认真，说采访得仔细，是不是全班最高分记不清，反正当时有一个印象，那就是自己原来和张大妈李大娘一样能说会道，而且可能水平更高，因为我会编细节。

恢复高考以后，我成了一名文科大学生。在其他的文章中，我已经说过，选择文科，不是本意。我的理科成绩一向比文科好。进了大学，仍然要写作文，大一结束前，老师带我们去雨花台烈士陵园，匆匆转一圈，然后以此为题，让大家写一篇散文。我有感而发，说自己身为南京人，小学中学屡屡到雨花台烈士陵园来，老是向逝者赌咒发誓，那么几句话反复说，真有些不好意思。再好听的话，反复唠叨总是无聊，烈士地下有知，听多了也烦。这样的作文交上去了，老师当然不喜欢，“四人帮”毕竟粉碎了才两年，成绩批下来，只是一个及格，是全班的最低分。当时大家都很看重分数，我也有些脸红，脸红只是要面子，心里并不愿意认错。

我想自己最终能混迹为一个作家，唯一的解释是生逢其时，是这个时代宽容。过去曾经有过很不宽容的日子，每个时代都有写东西的。对作家的理解，可以有多种多样，我从小接受的教育，所谓长大了不要当作家，其实是不要像我父辈那样，变成一种工具和传声筒。不能说那些在“文化大革命”中写出很红火文章的人，不是作家，同样，也不能说今天许多道貌岸然的人，写出了我们认为不好的作品，就说他们玷污了作家的称号。作家就是白纸黑字，并不是什么了不得的职业，哪朝哪代，都有用或不用心灵来写作的文人。人各有志，人和人不一样，只能说一些人可能是，另一些人，譬如我，就应该算作不是。我们虽然并存，却是两回事。我们写作的原因不一样，结果也不一样。

我已经无数次地说过，自己太喜欢写作。不写作，还能干什么呢，真是天知道。写作已成我生命的一部分，一想到天天能心平气和地坐在电脑前，便由衷地产生一种感激之情。这种机会是读者给我的，时代再宽容，如果没有读者，像我们这样的作家，或许也不可能生存下去。读者是衣食父母这种客气话，多说没什么意思，不说也抵赖不了。常常有读者写信给我，抱怨说在书店里买不到我的书。这是一个事实，但是也说明了另一个问题，这就是我的作品还没受到广泛的欢迎。现在已经步入商业社会，一个人的作品，真要是大家都喜欢看，不会在书店里买不到。

2002年10月

命题的作文

没人不害怕命题作文，每到高考时，就会有好事者居心叵测，很诚恳地打电话来，让我凑个热闹，与高考的学生同场竞技，写一篇命题作文。很多作家掉进了这陷阱，不知深浅想露一手，自以为是地交了稿，结果被阅卷老师一顿痛扁，横挑鼻子竖挑眼，想后悔已来不及。

作家写好高考作文是应该，因为你是干这个的，吃的就是写手饭，写好了也不会有人真正叫好。然而写不好几乎必然，毕竟命题作文与自由写作是两码事，各有各的门道，挨骂也就在情理之中。俗话说隔行如隔山，命题作文和文学创作都是体育运动，都要有良好的身体素质，如果缺少专业训练，打篮球的人打不好乒乓球，这很正常。

小时候，父亲从来不关心我的作文，当时社会风气非常可笑，一会说读书无用，除了政治学习；一会又说学好数理化，走遍天下都不怕。记忆中，我的作文非常差，差也没关系，好坏差不多，反正高中毕业没大学上。倒是祖父有些传统，与父亲一样，他不希望小辈当作家，却从不反对我写。他总是鼓励我多写信，我因为无话可说，便把学校的作文寄给他看。他于是像一个地道的语文老师，很细心地改错别字，用很认真的口吻与我商量，这句有什么不妥，那句改一改是不是更好。

祖父一直认为写是一种能力，不管当不当作家，一个有点文化修养的人，能写会写是应该，也是必须。他反对言之无物，反对不规范的句式，反对年纪轻轻无病呻吟，在文章中没完没了发牢骚。祖父的态度让我想起了沈从文先生的观点，他觉得一个人只要认真写，努力写，多写，自然而然就会写好。

过去三十年，我一直在试图多写。有人天生聪明，出手便好；有人迟迟不开窍，怎么忙也接近白搭。我很害怕成为第二种人，因为自己显然不属于第一种。世界上很多事并不是黑白分明，很难说清楚认真写，多写，还有硬写，它们的界限在哪。有时候只有硬写，才能柳暗花明，硬写了，才变得会写。谁都害怕凭空而来的命题作文，谁都知道这玩意没意思，可是事实上，堂而皇之说着文章要从心底淌出来，应该怎么写和写什么的时候，我们仍然没办法回避硬写。

说白了，所有文章都可能是命题作文，只是喜欢和不喜欢。有时候不喜欢是遮羞，底牌是并不擅长，或者压根不会写。能力就是水平，水平又反映了能力。千古名篇《岳阳楼记》是现成例子，这是地道的命题作文，范仲淹先生没去过岳阳楼，可活生生地把文章给写好了。

2010年4月25日

藏书状元门下

藏书状元是我父亲，父亲藏了许多书，这不过是个人的爱好，没想到在南京市举办的一次大赛中，父亲竟然中了头奖，电台、电视台接连采访，热热闹闹出了些风头。我也跟着沾光，硬着头皮对电台的话筒说了几句应景的话，因为紧张，话说得结结巴巴，速度快得像吵架。总算躲过了电视摄像机的追踪，这玩意儿冲锋枪似的对着人，想到了就怕，就忍不住尴尬。

藏书是公子哥玩的事，父亲的藏书也不能算太大的例外。藏书得花本钱，藏书是无底洞，而且藏必有失。父亲有篇文章《四起三落》，专谈自己藏书的不易和艰辛。喜欢藏书的人很多，像父亲那样锲而不舍、持之以恒，果真藏出些名堂的人并不多。父亲的藏书遭过三次难，都是灭顶之灾，能有现在的结局，可谓万幸。

父亲的藏书第一次遭难是在抗日战争胜利时，那时候他未满二十岁，从四川回上海，船在中途出了些意外，收藏的几篓书都被水淹了，抓在手上湿漉漉地往下滴水，父亲于心不忍，于心不甘，当即发誓：今后要一一重新买过。祖父在《东江行日记》里写道："三官犹谓将重行购买，以补此缺憾云。"过了几年，父亲的藏书果然又成气候，他开始大量写文章，各种体裁、各种题材，样样都写，所得稿费全部换成书。当时住在小阁楼上，除了床，到处都是书。书多了，于是有了第二次个人藏书史上的灾难。这灾难是自找的，书呆子一般的父亲，突然乔装打扮，伪造了身份证，去苏北解放区投身革命。为了赤条条地来去无牵挂，父亲把个人的藏书统统捐给了开明书店。开明书店后来变成了中国青年出版社，在这家出版社的资料室，肯定还能找到盖着“叶氏至诚藏书”印章的图书，这枚印章来头也不小，由钱君匋先生篆刻。

第三次打击是史无前例的“文化大革命”。父亲的藏书“死灰复燃”“东山再起”，到“文革”前夕，又聚集五千六百多种。他是“臭不可闻”的“右派”，我母亲是名演员，自然都属于打倒在地再踏上一只脚之列。“造反派”一纸勒令，限三天内将藏书送到指定地点，结果父亲用小板车搬上搬下，足足忙了三天。前两次藏书受挫，和我没任何关系，到了第三次，却是亲眼所见。我那时候勉强十岁，该懂的都懂了，父亲没让我帮忙，也许他觉得我小小年纪，犯不着为“封资修”的黑书脏了小手。据父亲估计，“文革”中藏书被没收，以后又归还，期间损失大约十分之二，其中惨重的是中国文学，无论古典或是现代，统统被人偷光。

到了今日，父亲的藏书又大成气候。究竟有多少册，大家都懒得去计算，我们父子合起来共有十四个书橱。现在问题是书多了没地方放。房子就那么大，人都不够住，要那么多书何苦？ 藏书是癖好、是毛病。父亲藏书，和真正的藏书家比起来，实在是旁门左道，小巫见大巫。不是有钱的大阔佬，成了不货真价实的藏书家，藏书首先得有钱，多多少少得有些钱。其次是舍得花钱，再次书价要合理、便宜，好的藏书家必须有一些地道的生意人的精明，而我父亲太老实厚道。

藏书要有一贯性，得专一，得把条目分得极细，得收珍本、善本。所有的藏书家都对版本学有兴趣，父亲却从不考虑版本因素，几乎没什么线装书，更谈不上价值连城的宋版、明版书。父亲藏书完全凭个人兴趣，喜欢什么买什么，是典型的实用主义。藏什么样的书，对他来说，并没有严格限制，买书首先是为了看，其次才是藏，这就是父亲的藏书原则。

当然，买多了，本本都看也做不到。买与看之间的距离总是越拉越大，买书多的人恐怕都会有这种体会。父亲说过，他不断地买书，“无非是积习难改，无非为藏它起来”。我总觉得，父亲藏书是基于读书破万卷的心理，读书破万卷一直是父亲终生奋斗的目标。当然，这目标又和父亲童年时的作家梦分不开，在文学的起步上，父亲可谓少年得志，比我、比他的同龄人有出息得多。早在三十年前，他就是个很不错的小说家，朱自清先生曾盛夸父亲的小说有灵气，评论界一度将祖父比作中国的契诃夫，其实就创作势头看，父亲如果真能不放弃写小说，他的成就也许不会比祖父差。

祖父作为中国第一代创作现代小说的作家，他的文学目的和人生这个主题紧密相连，从本质上来说，祖父是教育家，而父亲更多的是注重艺术。祖父以小说为工具，父亲则以小说为目的。祖父除有教育家的桂冠之外，还有一系列附加的小桂冠，诸如出版家、编辑家、作家等，父亲却只希望做职业的作家。

父亲的藏书始终围着作家梦转，他几乎是个天生的小说家。还在读中学时，他便看透了学校教育和作家的格格不入。他把绝大多数的精力放在阅读外国小说上，这还不算，他竟然敢干脆脱离学校。除了坏孩子，只有那种有特殊野心的人才敢不把中学念完。小小的年纪，父亲便把自己的全部精力投入写作中。为了使笔锋犀利，父亲什么样的文章都写。他的稿费收入使得个人藏书成为一种现实。几年以后，他考上了上海戏剧专科学校，先学演戏，再学编导，然而都是因为没兴趣，学了一阵便又改行。

作家梦纠缠了父亲一辈子，很显然，父亲的藏书和他各时期喜欢什么样的作家分不开，去苏北解放区之前，他收藏作品以欧美为最多。他曾是俄国作家的忠实读者，又对当代活着的作家纪德、斯坦倍克、海明威、萨洛扬等兴趣浓烈。投身革命以后，父亲的藏书大大地增加了苏联文学的比例。到目前为止，我们家的藏书依然是苏联文学作品数量最多。我一向自以为是地觉得，父亲投身革命，也和他藏书的目的一样，只是为了将来当作家，为当个出色的职业作家做准备。对于一个梦想当作家的人来说，父亲的准备实在太充分了。

作家是时代造成的，父亲的悲剧在于他遇不上一个适合于他的时代。他的文学刚刚起步，势头和行情正在看好，却突然意识到自己的路走不通。父亲显然意识到自己不可能改变时代，因此只能脱胎换骨改变自己。改变自己是一代中国知识分子的悲哀，改变的结局只能是失去自己，老舍先生的后期创作和巴金先生的一些作品都能说明问题。为了跟上时代，父亲一直在改变，诚惶诚恐地学习，不停地反思。在允许的思考中，父亲同方之、陆文夫、高晓声之辈，想办一个能表现些自我的刊物，结果刊物没办成，却造就了几个不识时务的“右派”。

一九五七年的反右终结了父亲的作家梦。成为“右派”的父亲下过乡，炼过钢铁，他并不坚强也没办法坚强。当作家的意志垮了，但他还是继续藏书。藏书的目的终于开始模糊不清、大失水准，在孤寂的岁月里，父亲藏过小人书一样的外国电影连环画，近乎机械地买过各式各样的新鲜应时读物。他买了为数不少的马列著作，各种版本的《毛泽东选集》，数不清的旧戏曲剧本，作家梦和藏书行为逐渐分离，藏书行为真成了一种习惯、一种毛病。

父亲的藏书是时代的讽刺，记录了一个莫大的悲剧。一个梦想着献身艺术，梦想着成为职业作家的年轻人，几经沧桑，结果只成了一个不断买书看的人。创作的激情随着岁月销蚀，无数的灵感也一去不返。时至今日，除了偶尔写点散文，父亲很难再动笔写小说，欢乐极兮哀情多，少壮几时兮奈老何，又所谓老来万事付无心，巧语不如喑，父亲岂是那种当了藏书状元就能满足的人。

家学渊源

我的旧学实在不怎么样。旧学问是门古老的艺术，离我们越来越远。我现在靠写小说混饭吃，辛辛苦苦在格子里填上了字，总算有人愿意看，有人愿意写些小评论。不少评论都提到了我的家学渊源，一位评论家甚至断言我的才能将淹没在传统的阴影中。真要是如此也是一种幸运。事实上，旧学问在清末达到顶峰，此后便是代代退化，一蟹不如一蟹。这是历史发展的大趋势，谁也改变不了。对于今天的人来说，我祖父可以算是旧学大师，对于把旧学问发展到极致的乾嘉学派，却又是“不肖子孙”。作为五四一代的风云人物，我的祖父一生都在鼓吹新文化。虽然他有极深的古文造诣，能写很好的旧体诗词，然而从来不主张我们小辈在旧学问上花大工夫。

我唯一得到祖父指点的旧学便是对对子。那是在“文革”期间，我正上初中，有一次，祖父发现我竟然能背出一连串辛弃疾的词，很有些吃惊，便大大地表扬了我一番。我得到了鼓励，顿时感觉良好，下决心要把手头的一本夏承焘先生编的《唐宋词选》全部背下来。那时候正是读书无用的时代，上不上课、读不读书都无所谓。我的祖父也闲着无聊，难得我对旧诗词如此有兴趣，就让我从头开始，学习平平仄仄仄仄平平。方法有点像旧时私塾先生授课，祖父报一个字，我回答一个字。云对雨，雪对风，晚照对晴空，杨柳绿对杏花红。一来一去，很像是做游戏。在北京，我常常陪祖父去洗澡，祖父泡在浴池里，不时即兴发问，我一边替他擦背，一边挖空心思对答。出门散步时也是如此，总是捡人少的地方去，见到什么说什么，一个字两个字，渐渐到了五个字七个字。我从来也没到过对答如流的地步，字越多越吃力，但是好歹都能凑合答出来。祖父在这方面特别宽容，说："好，有点儿入门了。"

可惜我只是站在旧体诗词的门口，往里面望了几眼。毕竟是处在一个旧体诗词已不流行的时代，随着年龄的增长，外国小说更能够吸引我。我开始如饥似渴地阅读十九世纪的欧洲小说，数量之大、速度之快，连祖父都感到意外。记得当时看内部发行的三岛由纪夫的《丰饶之海》，四大厚本，祖父第一本尚未读完，我已经见缝插针，全部读完了并把故事卖弄给大家听。祖父嫌我看书太快、太马虎，找了两部书让我细读，这两部书是托尔斯泰的《战争与和平》和巴尔扎克的《高老头》。

1993年

祖父叶圣陶二题

旧式的情感

三年前，纪念祖父一百周年诞辰，我有一点想不明白，为什么人们对整数总是特别有兴趣。莫名其妙，就成了习惯。记得祖父在世时，对生日很看重，尤其“文化大革命”后期，一家老小，都盼过节似的惦记着祖父的生日。是不是整数无所谓，过阴历或阳历也无所谓，快到了，就掰着指头数，算一算还有多少天。

有时候，祖父的生日庆祝，安排在阳历的那天，有时候，却是阴历，关键看大家方便，最好一个休息日，反正灵活机动，哪个日子好，就选哪一天。祖父很喜欢过生日，喜欢热闹。有一年，阳历和阴历都适合过生日，他老人家便孩子气地宣布，两个生日都过。

想一想也简单，老人乐意过生日，原因是平时太寂寞。老人永远是寂寞的，尤其一个高寿的老人。同时代的人，一个接一个去了，活得越久，意味着越要忍受寂寞和煎熬。小辈们一个个相对独立，有了自己的小家，下了乡，去了别的城市，只有老人过生日这个借口，才能让大家聚到一起。

老人的寂寞往往被我们所忽视。我侄女儿的小学要给解放军写慰问信，没人会写毛笔字，于是带回来让祖父给她抄写。差不多相同的日子里，父亲想要什么内部资料，想要那些一时不易得手的马列著作，只要告诉祖父，祖父便会一笔不苟地抄了邮来。有一段时间，问祖父讨字留作纪念的人，渐渐多起来，祖父觉得闲着也是闲着，就挨个地写，唐人的诗、宋人的词、毛主席的教导，一张张地写了，寄出去，直到写烦了，人也太老了，写不动了为止。

我记得常陪祖父去四站路以外的王伯祥老人家。这是一位比祖父年龄更大的老人，他们从小学时代就是好朋友，相濡以沫，风风雨雨，已经有几十年的友谊。祖父坚持每星期都坐着公共汽车去。祖父订了一份大字《参考》，王伯祥老人虽然是著名的历史学家，一级研究员，但似乎还没有资格订阅，于是祖父便把自己订的报纸，带去给他看。每次见面大约两个小时，一方郑重其事地还报纸，另一方毕恭毕敬地将新的报纸递过去，然后就喝茶聊天，无主题变奏。

说什么从来不重要。有时候，聊天也是一种寂寞，老人害怕寂寞，同时也最能享受寂寞。明白的老人永远是智者。我不得不承认自己在这些老人的寂寞中，学到了许多东西。我从老派人的聊天中，明白了许多旧式的情感。旧式的情感是人类的结晶，只有当真正失去时，我们才会感到它的珍重。老派的人所看中的那些旧式情感，今天已经不复存在。时过境迁，生活的节奏突然变快了。寂寞成了奢侈品，热闹反而让人感到恐惧。

老人最害怕告别，送君千里，终有一别，祖父晚年，每次和他分手，心里都特别难受。大家都不说话，在房间里耗着，他坐在写字桌前写日记，我站在一边，有报纸，随手捞起一张，胡乱看下去。那时候要说话，也是一些和分别无关的话题，想到哪里是哪里，海阔天空。祖父平时很喜欢和我对话，他常常表扬我，说我小小年纪，知道的事却不少，说我的水平超过了同龄人。

我记得他总是鼓励我多说话，说讲什么并不重要，人有趣了，说什么话，都会有趣。早在还是一个无知的中学生时，我就是一个善于和老人对话的人。我并不知道祖父喜欢听什么，也从来就没有想过这些问题。我曾经真的是觉得自己知道的事多，肚子里学问大，后来才知道那是因为老人的寂寞。

最堪思何物

多年前吴亮兄来南京，和他海阔天空地聊天，说起"最喜欢"。我说我真是很无聊，基本上废了，思来想去，竟然已无所谓"最"。人生热情早不知何处去，天下事都不在乎，都在可与不可之间。不由想起一个很有情调的老太太，爱憎分明、风风火火，说事最喜欢用一个"最"，能一口气说出最喜欢看的电影，最喜欢吃的小吃，最心仪的男人是谁，最讨厌的女人又是谁。

很认真检讨过自己，世事皆有原因，为什么我的人生态度会如此消极。常有人问，你最喜欢的书是什么，我坦白说不知道，很多书都喜欢，偏偏没有一个“最”。二十世纪八十年代初，看中了祖父案头的一套《管锥编》，这是钱钟书先生的扛鼎之作，因为喜欢，我便据为己有。祖父叹气说：“这书你也未必看得懂，不过既然喜欢，就拿去吧。”我想起码在这一点上，自己受了老人的暗示和影响。祖父的观点向来是君子使物，不为物使，天下好东西太多，不可能归一人所有，有就是没有，没有就是有。人生无所谓得失，有些缺憾，没什么大不了。

祖父曾为我刻过一方章。有一次，他兴冲冲地说：“给你刻个图章吧。”那是“文化大革命”后期，我高中刚毕业，不知天高地厚，不相信他还会干这事。他倒是说干就干，从一大堆旧章中随手找了一个，将上面的字磨了，然后在纸上写了几个字，问我喜欢哪种风格。我胡乱点了一个，他皱着眉头想了一会说：“你还有些眼光，这个确实不错，就用它了。”

我光知道祖父会写毛笔字，因此首先是觉得好玩，原来图章就是这么刻出来。他当时已经八十岁，一个劲抱怨手上力气不够，又嫌刻刀钢火不好，不顺手，索性改用案头的一小锥子帮忙。记得还返过一次工，又磨了从头开始，前后到底用了多少时间，已忘了。终于把图章刻好，祖父问喜欢不喜欢，我如何回答的也记不清了，反正觉得好玩，沾了红红的印泥，在纸上乱盖。

多年以后，看别人的纪念文章，才知道祖父从小就玩篆刻，年轻时下过苦工夫。求教一位喜欢篆刻的朋友，他把玩了许久，说祖父的篆刻很了不起，并不比他老人家的书法差。这位朋友千叮万嘱，让我将印章好生保存，说以后会值大价钱。这话十二分荒唐，我再没出息、再没能耐，也不可能拿出去换银子。

一转眼，祖父过世快二十年。这印章一直伴随那段记忆，也许因为亲身经历，差不多就是最堪思之物。忽然间有些担心，自己喜欢，偷着乐就行，何苦要将它公之于世。这些年数次搬家，担心乱中遗失，格外小心。我知道，自己喜欢的东西最容易损失，书借走不还，影碟借走没踪影，都是吹嘘卖弄的后果。

2007年1月29日　河西

难得有闲

没有什么日子比高中毕业等待分配的那段时间更闲。几乎整整一年，我一直待在北京，和祖父生活在一起。上小学之前，我也在北京待过一年，记得那是因为长得又瘦又小，祖父嫌我父母不会带孩子，把我接到北京，好吃好喝地加强营养，结果过了一年，我仍然是又瘦又小，这事后来成了我父母常为自己辩白的笑话。

1974 年是“文革”中相对平静的年头，轰轰烈烈的日子已经过去，许多人都闲着无事可干。祖父常说我们一老一小，是世界上最闲的人。

祖父那一年整八十岁，闲得无聊，全靠写日记写信写毛笔字消磨时间。时间多得真恨不得能拿来当作礼物送人。我和祖父睡在一个房里，当时有三件事最让他满意。第一是陪着他散步。风和日丽，去什么地方不一定，出了大门，出了胡同口，拣最空的公共汽车上去，然后到空旷的地方下车。目的只在活动活动腿脚，有时在郊区的小河边看柳树，有时去北海坐石凳上闻荷叶的清香，有时沿着农展馆旁边的马路走一截。那时候到了农展馆，似乎就算是郊区。

去洗澡向来是祖父生活中的乐事。祖父年纪大了，洗澡没人陪不行，我自然成了最合适的陪同人选。去洗一次澡并不容易，得挤公共汽车，有时还得排队。好在时间富裕，挤公共汽车就挤公共汽车，排队就排队，祖父对我的搓背技术一向赞不绝口。

祖父一段时间内很愿意被人当作摄影的模特儿，我们拍照的胶卷都找他报销。祖父因此有了好多册影集。有时候，翻翻影集也是一种很好的消遣，可以打发掉许多闲暇的时光。到了晚上，我照例要为祖父敲敲背，煞有介事地为他按摩穴位。祖父总是一边连声叫好，一次次表扬和鼓励；一边和我大谈因为翻阅影集而想起的陈年旧事。人世几回伤往事，山形依旧枕寒流。真有些“山僧独在山中老，唯有寒松见少年”的味道。

那时候实在是太闲了，因为闲，我因祸得福，从祖父那得到了许许多多平时不可能得到的东西。那是个畸形的岁月，平安无事就已经非常非常满足。直到“四人帮”粉碎了，大家才都变得忙碌起来。后来祖父梦见我们全家又去了北京，醒来便写了一组诗，和我有关的是这一首：

兆言到，旧例继先时。示尔新增留影册，陪余浴室共淋漓，临睡小床支。

纪念父亲叶至诚

一

我对父亲的最初印象，是他将我扛在肩上，往幼儿园送。我从小是个胆小内向的孩子，记得自己总是拼命哭，拼命哭，不肯去幼儿园。每当走到那条熟悉的胡同口，我便有一种世界末日来临的恐惧。父亲将我扛肩上兜圈子，他给我买了冰棍，东走西转，仿佛进行一项很有趣的游戏，不知不觉地绕到了幼儿园门口。等到我哇哇大哭之际，他已冲锋似的闯进幼儿园，将我往老师手里一抛，掉头仓皇而去。

我在十岁的时候，从造反派那里知道自己是一个被领养的小孩。时至今日，我仍然不知道自己的亲生父母是怎么一回事。我只知道我的血管里流着的，是一个普通的平民的血。显然从一开始，我就是一个多余的产物。很多好心人都以为我之所以能写作，仅仅因为遗传的因素，有的人甚至写评论文章说我身上有一种贵族气质。溢美也好，误会也好，不管怎么说，我能够在文坛上成名，多多少少沾了我祖父和父亲的光。我的祖父和父亲，不仅文章写得好，更重要的是他们有非常好的人品。他们的人格力量为我在被读者接受前，扫清了不少障碍。我受惠于祖父和父亲的教育与影响这一点不容置疑。

父亲不止一次说过，觉得我这个儿子和亲生的没什么两样。父亲知道这是我们之间一个永恒的遗憾。事实上，多少年来，无论是父亲，还是我的祖父，都对我非常疼爱。这是一个敏感的话题，常常有人利用这个话题，而父亲从不利用我是领养的这个事实来伤害我。

我偶尔从一张小照片上知道自己本来姓郑，叫郑生南。照片上的我最多只有一岁。我想这个名字只是说明我出生在南京。

我很小就开始识字了。在识方块字这一点上，我似乎有些早熟。父亲属于那种永远有童心的人，做了一张张的小卡片，然后在上面写了端端正正的字让我认。那时候他刚从农村劳动改造回来，和他的好朋友方之一起写剧本。我记得父亲和方之常常为教我识字，像小孩子一样哈哈大笑。父亲和方之在一九五七年，为同一件事被打成了“右派”，他们内心深处自然有常人所不能体会到的痛苦，但是他们留在我童年记忆中的哈哈大笑，比他们教我认了什么字，印象深刻得多。

我记得父亲和方之老是没完没了地抽香烟。屋子里烟雾腾腾，两个人愁眉苦脸坐在那。他们属于那种典型的热爱写作的二十世纪五十年代的书呆子。我小时候是一个公认的很乖巧的小孩，他们坐在那挖空心思动脑筋，我便一声不响地坐在他们身后，很有耐心地等他们休息时教我识字。除了害怕上幼儿园，我从来没有哭闹过。我永远是一个害怕陌生喜欢寂寞的小孩。

我小时候做过的最早的游戏，就是到书橱前去寻找我已经认识的字。祖父留给父亲的高大的书橱，把一面墙堵得严严实实。这面由书砌成的墙，成了我童年时代最先面对的世界。父亲和方之绞尽脑汁地写他们的剧本，我孤零零拿着手上的卡片，踮起脚站在书橱前，认认真真核对着。厚厚的书脊上的书名像谜语一样吸引住了我，就像正在写的剧本的细节缠绕住了父亲和方之一样。

那时候我大概才三岁，有一次大约是发高烧，我在书橱前站了一会，不知怎么又回到了小凳子上坐了下来。我经常就这么老实地坐在那，因此正在写剧本的父亲丝毫没有意识到我的异常。现在已经弄不清楚究竟是方之，还是我的父亲先发现我像螃蟹一样地吐起白沫来，反正我当时的样子把他们两个书呆子吓得够呛，他们手忙脚乱不知所措，慌了好一阵子，才想起来去找邻居帮忙。

二

父亲的童年一定很幸福。我读研究生的时候，有一年在杭州，计划去看望郁达夫的儿子郁云。由于某件事的打扰，结果只是我的几个师兄弟去了，他们见到了郁云，对其留下的最深刻的印象，就是他很感叹地说自己没有一个像我父亲那样的温暖家庭。

父亲出生时，祖父在文坛上的地位已经奠定。父亲是祖父的小儿子，在他前面还有一个哥哥和一个姐姐。我从没听父亲讲过他小时候有什么不愉快。无论是父子关系还是母子关系，无论是兄弟关系还是姐弟关系，他每每提到时，都能很自然地让别人感受到他童年所享受到的天伦之乐。我的伯母很早就进了叶家门，作为长嫂，她常常照顾父亲。父亲一直把自己的嫂子当作大姐姐，伯母的名字中有一个“满”字，父亲一直很亲切地叫她满姐姐。

父亲显然得到了太多的溺爱。和哥哥姐姐比起来，父亲自己照顾自己的能力最差，我的姑姑常常开玩笑，说父亲小时候连皮球也不会拍，别人不会拍，一学就会，可他就是学不会。父亲甚至也不会削苹果，要是没人伺候，糊里糊涂洗了洗就连皮吃。

父亲的家庭永远充满了融融洽洽的空气。难怪郁达夫的儿子会羡慕，就连祖父的老朋友们，也不止一次在文章中流露出类似的意思。宋云彬先生就直截了当地说过：“尤其使我艳羡不止的，是他的那个美满的家庭。”朱自清先生也说过：“圣陶兄是我的老朋友。我佩服他和夫人能够让至善兄弟三人长成在爱的氛围里。”

伯父在他们兄弟三个合出的第一本集子《花萼》自序中，写到了这种爱的氛围：

今年一月间，我们兄弟三个对于写作练习非常热心。

这因为父亲肯给我们修改，我们在旁边看他修改是一种愉快。

吃罢晚饭，碗筷收拾过了，植物油灯移到了桌子的中央。父亲戴起老花眼镜，坐下来改我们的文章。我们各据桌子的一边，眼睛盯住父亲手里的笔尖儿，你一句，我一句，互相指摘、争辩。有时候，让父亲指出了可笑的谬误，我们就尽情地笑了起来。每改罢一段，父亲朗诵一遍，看语气是否顺适，我们就跟着他默诵。我们的原稿好像从乡间采回来的野花，蓬松的一大把，经过父亲的挑剔跟修剪，插在瓶子里才像个样儿。

没有比这更合适更传神的文字，可以用来表达父亲少年时代的欢乐生活。出版《花萼》的时候，父亲刚刚十六岁。在祖父善意的鼓励下，在哥哥姐姐的影响下，父亲很早就表现出了在写作方面的特殊才能。父亲过世以后，伯父和姑姑从北京乘飞机赶来，参加了父亲的遗体告别，姑姑说，父亲从小就想当作家。她有点想不通的是，父亲多少年来始终把写作当回事。事实上他们那一辈的三个人当中，的确也只有父亲一个人把写作当作了自己的唯一职业。尽管伯父和姑姑也写了许多东西，有的文章写得非常好，但是写作只是他们业余生活的一部分。姑姑的专业是外语，伯父是出色的大编辑。和父亲不太一样，伯父和姑姑从来不硬写。他们很少写那些自己不愿意写的东西。

父亲少年时代写的文章，一直让我感到嫉妒。父亲那时候的文章充满了一种让人目瞪口呆的才气。我早逝的堂哥三午，是我们这一代中最有文学才华的一个人，他不止一次说：“叔叔的文章真棒。”三午有一篇中学作文，就是讲自己如何抄袭我父亲的作文，如何得到老师的好评，然后又如何意识到自己这么做不对。不少评论文章把祖父誉为中国的契诃夫，三午却独有见解地认为，如果不放弃自己的写作风格，也许真正成为中国契诃夫的便是我父亲。

宋云彬先生表扬父亲当年的文章，“没有一篇文章是硬写出来的”。朱自清先生认为父亲那时候的文章，“有他自己的健康的顽皮和机智”，“虽是个小弟弟，又是个‘书朋友’，他的观察力和记忆力却几乎与大哥异曲同工”，“真乃头头是道，历历如画”。

高晓声叔叔是五十年代初认识我父亲的，那时候他还没开始写东西，他觉得自己很有幸能结识父亲，因为他曾听人说过，父亲早在十年前，就写出了一手漂亮的好文章。父亲和高晓声叔叔结识的那一年，刚二十五岁。

三

父亲似乎生来就像当作家的，也许是家庭环境造成的，也许是命中注定适合写东西。多少年来，没有什么比作家梦更折磨父亲。

父亲常常说自己原来是个好学生，可是上中学以后，一迷上了外国小说，便没有心思再念书。上课时，再也不肯安心念书，偷偷地躲在下面看小说。有一次，父亲躲在那专心致志地读小说，老师绕到了父亲的背后，不声不响地看父亲在看什么书。同学们都以为老师会大发雷霆，谁知道老师突然很激动地对父亲说："喂，你看完了，借给我看看。"

父亲看的显然是一本当时文学青年爱看的书。老师也是一个可爱的书呆子，他没有责备父亲，却和父亲交上了朋友。交朋友当然有那么些功利目的，那就是没完没了地跟父亲借书看。

没人知道父亲究竟看过多少书。书看得太多，这是父亲一辈子引以为荣的事。文学创作上过早的成功和成熟，使人充满自信，父亲相信自己再也用不着走上大学的窄路。不仅不用上大学，甚至连安安分分把中学念完都不肯，父亲相信自己已经是一名作家了，迫不及待地觉得自己应该走上社会。

祖父尊重父亲的选择。

于是满脸稚气的父亲便进入开明书店当职员。

作家梦折磨着父亲。在开明书店这段时间，父亲写了不少东西。父亲想当作家，更想当一个大作家。从年龄上来说，父亲那时候还是个童心未泯的大孩子，顽固地相信自己唯有像高尔基那样，一头扎入生活的海洋里，投身社会大学，"在清水里洗三次，在血水里泡三次，在碱水里煮三次"，才能成为一名真正的作家。

作家要“体验生活”这句名言还未风行的时候，父亲已开始身体力行实实在在地这么做了。内心躁动不安的父亲再也不愿意过平庸的日子，父亲显然成不了一个好职员。过早地参加工作走上社会，并不像事先想的那么有趣。于是浪子回头，父亲又考入了由熊佛西先生主办的上海戏剧专科学校，学习表演。上海戏剧专科学校是如今大名鼎鼎的上海戏剧学院的前身，这个学校培养了许多第一流的演员，然而在培养我父亲上，却遭到了彻底的失败。父亲显然也不是一块当演员的料子。父亲演得最好的一个角色，只是舞台上跑跑龙套的匪兵，父亲自我感觉演得很潇洒，把主角的戏都盖过了。

父亲很快厌倦了上表演课。也许熊佛西先生是祖父老朋友的缘故，他让缺课缺得有些不像话的父亲改读编导班。

可是父亲的兴趣投入到了“反饥饿，反内战”的学生运动中。为了当大作家，为了更好地体验生活，父亲放弃了自己良好的写作势头。像那个时代所有有理想的年轻人一样，父亲再不肯在课堂里坐下去。

编导班还没毕业，父亲又穿过封锁线，去了苏北解放区，参加革命。

有一段时期，父亲是“又红又专”的典型。

父亲参加了解放军对溃退的国民党部队的追击，参加了解放初期的运动。像父亲这样的书呆子，居然也会在腰间挎一支驳壳枪。50年代，父亲作词的《啥人养活啥人》一歌，风行大江南北。广大农民正是唱着这首歌，分田分房，控诉地主，斗争恶霸。

这以后，父亲福星高照，官运亨通。到一九五六年春天，刚满三十岁的父亲已是文联党组成员，是创作委员会的副主任。父亲是当时文联机关最年轻有为的干部。这是父亲一生中涉足官场最得意的黄金阶段。

然而父亲仍然不是当官的料子。父亲的梦想永远是当一个作家，当一个能写出一大堆书来的大作家。父亲和当时几个有着同样理想的好朋友，想办一个稍稍能表现一点自我的文学刊物，这个刊物叫《探求者》。结果是大难当头，老天爷说变脸就变脸。父亲成了臭名昭著的“右派”。在父亲的难兄难弟中，除了方之，还有高晓声、陆文夫、梅汝恺、陈椿年。所有这些江苏二十世纪五十年代的文学精英，都因为“探求者”三个字吃尽苦头。父亲过世时，陆文夫叔叔就住在离我们家五分钟路的江苏饭店里，那天晚上他来吊唁，五分钟的路，昏昏沉沉走了足足半个小时才到。一进门，他就号啕大哭，半天也说不出一句话。

被打成“右派”，改变了父亲一生的形象。在这场厄运中，也许唯一欣慰的，是父亲有了几个荣辱与共的患难兄弟。

四

父亲从来就不是一个坚强的人。父亲的一生太顺利。突如其来的打击使父亲完全变了一个人。据父亲的老朋友顾尔镡伯伯说，刚刚三十岁出头的父亲，一头黑发，几个月下来，竟然生出了许多白发。父亲那时候的情景是，一边没完没了地写检讨和“互相揭发”，一边一根又一根地抽着烟，一根又一根地拽下自己的头发，然后又一根接一根地将头发凑在燃烧的烟头上。顾尔镡伯伯在纪念父亲的文章中认为，父亲就是在那个特定的年代里，“由一个探求的狂士变成了一个逢人便笑呵呵、点头弯腰的‘阿弥陀佛’的老好人，好老人”。

少年气盛，青年得志，然而一切都发生了变化。江山易改本性难移，可是经过一九五七年的反右，父亲的性格的的确确是彻底变了。

父亲被下放到了江宁县去劳动改造。时间不长，前后不过是一年多，然后被调回来和方之叔叔一起写剧本。

我的命运就是在这时候和父亲联系在一起的。我想我的出现，多少会给父亲带来一定的安慰。父亲一向觉得我是个听话的孩子。那毕竟是父亲一生中最心灰意懒的日子。父亲送我去幼儿园，父亲和方之叔叔一支接一支抽香烟，没完没了愁眉苦脸地改剧本，父亲教我识字，所有这些都是我最初的记忆。我没见过父亲少年气盛的样子，也想象不出父亲青年得志的腔调。在我最初的记忆中，父亲就是一个倒霉蛋。

在父亲调到《雨花》之前，我没见过父亲有过什么扬眉吐气的日子。那是在一九七九年的四月，父亲的冤案得到了改正。“探求者”的难兄难弟又聚到了一起，开怀痛饮。方之就是在这一年秋天过早去世的，父亲像孩子一样号啕大哭。这是我第一次看见父亲如此淋漓尽致地表达自己的感情。

我的印象中，父亲永远是低着头听人说话。反右会这么有力地摧垮一个人的意志，今天想起来，简直不可思议。人往往会变得比我们想象中的更可怜。父亲真正做到了夹起尾巴做人，小心翼翼地做任何事。

到了“文革”，作为“右派”，父亲首当其冲是打击对象。在这场史无前例的浩劫中，常人所享受到的苦头，父亲无一幸免。肉体上的痛苦用不着再说，父亲精神上所受到的折磨，真正罄竹难书。“文革”彻底摧毁了父亲经过反右残存下来的那点可怜意志，诚惶诚恐认罪反省，不知所措交代忏悔，父亲似乎成了一个木头人，随别人怎么摆布。

我帮着父亲一起在街上卖过造反派油印的小报，也不止一次帮着父亲推板车去郊区送垃圾。父亲那时候只拿很少的生活费，卖小报算错账了要贴钱，还有人敲竹杠向他借钱，父亲一生中从来没像当时那么贫穷过，穷得自己必须精确地计算出一天只能抽几支廉价香烟。我清楚地记得父亲抽的是被誉为“同志加兄弟”的阿尔巴尼亚香烟，只要一角七分一包，这也许是中国历史上最便宜的洋烟。

父亲成了当时剧团里最好的劳动力，挖防空洞，敲碎石子，打扫厕所，脏活累活都能揽下来的一把好手。我们那时候在旁边的一家工厂里搭伙，父亲每顿都能吃六两米饭。

“文革”，父亲记忆中最想忘记又最不能忘记的，是父亲在交代时，把枕头边的话也原封不动地交代了。这实在是一种过分的没必要的老实。为了父亲交代的这番话，母亲差一点被打成了“现行反革命”。父亲为此内疚了一辈子，父亲的哲学从来宁愿天下人负自己，自己不负天下人。自己吃点苦受点罪算不了什么，多大的委屈父亲都可以忍，父亲唯一不想做的，就是去伤害别人。

父亲干了足足二十年的职业编剧。先是在越剧团，后来在锡剧团。我至今不清楚父亲究竟写了多少个剧本。好像不止一个剧本得过奖。

父亲不止一次和别人合作写过剧本。和方之叔叔，和高晓声叔叔，还有其他别的什么人。写剧本是父亲的一种生活状态。我从懂事以后，印象中就是父亲永远天不亮就爬起来修改剧本。父亲永远是在修改，抄过来抄过去，桌上到处都是稿纸，烟灰缸里总是满满的烟屁股。

父亲和别人合作写剧本，常常把自己的名字写在别人后面。很多人都说这是父亲与人为善，不争名夺利。我的看法是，不争名夺利只是一个方面，另一方面，父亲对于这些和别人一起苦熬出来的剧本，谈不上太多的爱。父亲从没向我夸耀过自己的剧本写得怎么好怎么好，提起自己刚写的散文，提起自己少年时代写的小说，父亲常常流露出那种按捺不住的得意，可一提起写的那些剧本，父亲便显得有些沮丧。

一九七九年六月，父亲在《假如我是一个作家》的结尾部分，用一种很少属于自己的激扬文字大声宣布：“要是我的作品里不能有我自己，就没有存在的价值。”这是一句发自父亲肺腑的话。事实上，父亲对于那些没有他自己的文章，谁的名签在前面，甚至签不签名都无所谓。

职业编剧的生涯对于父亲来说，也许根本谈不上什么乐趣。除了政治上的风险，写剧本最大的苦处，就是必须马不停蹄地按别人的旨意改。什么人都是父亲的上司，谁的意见不照着办都麻烦。每一层都喜欢做指示，都觉得看了戏不说几句不行。碰到懂行的还好，碰到不懂的活该父亲倒霉。很长一段时间里流行集体创作，集体创作说穿了就是大家七嘴八舌瞎说一通，然后执笔的人去受罪。

我目睹了作为执笔者的父亲所受的洋罪。虽然我现在也是一个作家，但是无论在我的童年，还是在少年，甚至上了大学以后，我都没想过自己要当作家。父亲的遭遇，使我很小就鄙视作家这一崇高的职业。各式各样的领导，局领导团领导包括工宣队军代表，各式各样的群众，跑龙套的拉二胡的什么事都不做的，只要有张嘴就可以对父亲发号施令。无数次下乡体验生活，无数次半夜三更爬起来照别人的旨意修改作品，父亲在没完没了“没有自己”的笔耕中，头发从花白到全白，越窝囊越没脾气，越没脾气越窝囊。

五

在首届“金陵藏书状元”的评选中，父亲被评为状元。评选活动很热闹，很轰轰烈烈，又是电视报道，又是电台转播。父亲很高兴地出现在电视屏幕上，乐呵呵地在电台的直播室里接受热心听众的电话采访。不止一家出版社要出藏书家辞典，许多人都来信称父亲已列入到了他编的辞典中，父亲觉得很滑稽，自己无意之中，怎么竟然成了藏书家。

父亲喜爱藏书。书是父亲的命根子，精神寄托的安乐园，然而父亲绝对不是传统意义的藏书家。藏书家的头衔对父亲来说，只是一场误会。

父亲从来不藏什么善版书珍版书。父亲的书本身并不值钱，全是常见的铅字本，而且几乎都是小说，都是翻译的外国小说。父亲写过《四起三落》专谈自己的藏书，承认自己的藏书“无非为积习难改，无非为藏它起来”。

父亲的藏书始终围绕着作家梦转。很显然，父亲的藏书和自己各时期所喜欢的作家分不开。去苏北参加革命之前，父亲收藏的作品以欧美作家为最多。父亲曾是俄国和19世纪的法国作家的忠实读者，又对同时代活着的作家纪德、斯坦贝克、海明威、萨洛扬、雷马克等兴趣浓烈。参加革命以后，父亲的藏书大大地增加了苏联文学的比例。

藏书只是实现父亲作家梦想的一部分。一九五七年以后，藏书作为父亲想当大作家的一种手段，逐渐退化成为收藏而收藏的目的。当作家的意志遭到了迎头痛击，父亲并不坚强也没办法坚强，藏书范围终于糊涂不清大失水准，在孤寂的岁月里，父亲藏过小人书一样的外国电影连环画，近乎机械地买过各式各样的新鲜应时读物，买了为数不少的马列著作，各种版本的毛选，数不清的旧戏曲剧本和市面上最通俗流行的电影杂志。作家梦和藏书行为逐渐分离，藏书行为真正变成了一种习惯，一种毛病。父亲的藏书是时代的讽刺，记录了一个莫大的悲剧。一个梦想着献身艺术，成为职业作家的年轻人，几经沧桑，结果只成了一个不断买书看的看客。父亲岂是当了个藏书状元就能心满意足的人。

多少年来，父亲一直为自己读的书多感到自豪。对于一个终身都做着当大作家梦的人来说，父亲的文学准备实在太充分。父亲对于文学始终有一种文学青年的热情。随和不好斗只是父亲的处世态度，然而在文学见解上，父亲的卓识和挑剔只有我这个做儿子的最清楚。父亲当了多年的《雨花》主编，事实上却很少过问刊物的事，不愿过问的理由除了精力不够，更难说出口的是因为见不到好稿子。父亲常常和我说谁谁谁的小说怎么写得这么差，又说谁谁谁应该这样写而不应该那样写，得奖小说常常是父亲抨击的对象，红得发紫的小说常常读了一半便扔掉。谁也不会想到老实窝囊的父亲在文学上会那么狂妄，那么执着和生气勃勃。

父亲是由文学名著熏陶出来的，因为读的书太多，脑子里已经有了太多的定了型的文学文本。形式和内容上的重复，没有任何创新，这是父亲自己的，也是父亲一再教给我的判断作品好坏的直接标准。父亲对于文学有一双狠毒的眼睛，时髦的伪劣产品很难躲过父亲的法眼。

我是父亲藏书的直接受益者。过去我曾很狂妄地自信，在同一年龄段上，没有人看的书比我多。书是父亲的精神乐园，也是伴随我成长的食粮。天知道如果没有书，我们过去的岁月会是怎么样。“文革”后期，被没收的藏书退还了，堆得满地都是，那时候我正上中学，有好几年一张小床就搭在书堆中。我狼吞虎咽地看书，经常看到深更半夜。

父亲刚开始不让我乱看书。也许父亲觉得自己是文学作品的受害者，不愿意儿子重蹈覆辙。父亲常常出其不意地出现在书房里，板着脸检查我是否在读文学名著。为了对付父亲，我不得不在大白天读可以看的书，在半夜里读文学名著。我曾是雨果最狂热的崇拜者，曾经整段整段地往本子上抄。雨果的作品在那寂寞的岁月里，不止一次让我泪如雨下。

那年头父亲已开始“戴罪”修改那种“三突出”的剧本。父亲的习惯是半夜三更爬起来写，而这时候正好是我开始放下书睡觉之际。等到父亲发现我的秘密，已经为时过晚，他住在楼上，半夜里实在修改不下去，下楼散步时才发现我房间的灯光还亮着，我一边读一边哭泣的情景一定打动了父亲，父亲显然是不声不响地站在黑暗中看了许多次，才忍不住敲敲玻璃窗让我睡觉。

我永远忘不了自己偷看文学名著给父亲带来的烦恼。很长一段时期里，父亲老是为了我偷书看而无可奈何地唉声叹气。父亲的一生为那些不想写而硬写的东西消耗了太多的青春，父亲最不想看到的一个事实，就是儿子也会在文学这棵老树上吊死。

父亲希望我成为一个和文学毫无关系的人。因为这个缘故，高考制度恢复后，父亲坚决反对我考文科。偏偏鬼使神差，又因为眼睛不好的缘故，我只能考文科。接到大学录取通知，父亲没有向我祝贺，甚至连一个笑也没给我，父亲只是苦着脸，很冷静地让我以后不要写东西。

六

我考上大学的第二年，父亲的冤案得到了改正。老朋友们出了一口恶气，又重新聚到了一起，高晓声、陆文夫、方之像文学新人一样在文坛上脱颖而出。父亲重新回到作家协会，立刻贼心不死，开始写那些“有自己”的文章，写自己曾经熟悉的散文和小说。

父亲没有像他的老朋友那样大红大紫。我想内心很狂妄的父亲嘴上没说什么，心里一定不会太好过。“有自己”的小说并不是那么轻易地就能在文坛上站住脚跟，尽管父亲遍体鳞伤，可惜他写不来“伤痕小说”。父亲显然不是那种争名夺利之辈，但也许是在过去的岁月里太寂寞的关系，父亲对自己新写出来的作品毫无反响感到不堪忍受。写作的人，对于自己暂时不能被人理解通常有三种态度：一是义无反顾地向前走，一是顺变改造自己的风格，一是干脆搁笔不写。父亲选择的往往是最后一种。事实上，粉碎“四人帮”这么多年来，父亲真正动笔在写的日子并不多。

父亲的作家梦永远有些脱离实际。父亲想得太多，做得却又太少。在一个不能写不该写的时代，父亲始终在硬写，而在一个能写应该写的时代，父亲写得太少。在写作上不像自己的老朋友们那样勤奋，不能忍受一点点干扰，是父亲未能达到理想高度的重要原因之一。在过去的特定的时代里，由于大家都不能写，因此写与不写没什么区别，然而进入了新时期，大家都站在了同一起跑线上，写与不写，便有了严重不同的后果。

父亲病危期间，我一遍又一遍地想到父亲的写作生涯。让我感到吃惊的是父亲自认为可以留下来的作品，不到三十万字。这个数字真是太少了，因为其中还包括了父亲少年时代写的十多万字。一个作家真正能留下三十万字，并不算太少，可是面对父亲终身想当大作家的狂妄野心，面对父亲多少年来为了文学的含辛茹苦忍辱负重，三十万字又怎么能不说太少了。父亲毕竟一辈子都在写，除了写作之外，父亲毕竟什么也没干好过。

成为一个好作家从来就不是件容易的事。父亲常常教导我，也常常这样教导那些向父亲请教的文学青年，他常常说思想的火花，如果不用文字固定下来，就永远是空的。想象中的好文章在没有落实成文字之前，也仍然等于零。父亲自然是意识到了不坐下来写的危险性。

父亲常常有意无意地躲避写作。不写作当然会有各种各样的原因。正如福克纳所说的那样："如果这个人是一流的作家，没有什么会损害到他写作。"父亲似乎永远处于一种准备大干一番的状态，不断地对我宣布要写什么和打算怎么写。我听父亲说过许多好的甚至可以说是非常好的设想。写作对父亲来说太神圣了，正因为神圣，父亲对于写作环境的要求，便有些过分苛刻。作家太把自己当回事也许并不是什么好事，并不是什么人都能理解写作的神圣。作家永远或者说最多只能当个普通人。作家当不了高高在上为所欲为的皇帝。没多少人会把作家不写作的赌气放在眼里，不写作的受害者无疑还是作家自己。

对于一个太想写太想当大作家的人来说，放弃写作是一种自我虐杀。不写作的借口永远找得到，不写作的借口永远安慰不了想写而没写的受着煎熬的心灵。在这最后的十几年里，宝贵的可以用来写"有自己"的时间，像水一般从手指缝里淌走了。欢乐极兮哀情多，少壮几时兮奈老何。

也许只有我一个人能理解父亲想写却没写的痛苦。也许只有我一个人知道父亲所找的借口没一个站得住脚。过去的这些年里，作为《雨花》主编，无论行政或者稿件，事实上父亲都很少过问。主编只是一个优惠的虚衔，只是一种享受的待遇。至于编祖父文集这一浩大工程，事实上也是伯父一个人在编，祖父的文集已出至十一卷，父亲充其量不过浏览一遍三校样。祖父在八十多岁的时候，每天仍然伏案八九个小时。伯父更是个工作狂，现在已经七十多岁，独自一个人能干几个人的工作。让人疑惑不解的是，为什么祖父和伯父的这种优秀品质，在父亲身上便见不到了。祖父和伯父都在写作之外，干了大量别的工作。

我丝毫没有在这里指责父亲的意思。我的眼泪老是情不自禁地要流出来。父亲已把他热爱写作的激情传给了我。我是父亲想写而没写出来的痛苦的见证人。事实上，在过去的这段时间里，我总是婉言地劝父亲注意身体，写不写无所谓。事实上，是父亲一遍遍和我说他要写什么，父亲永远像年轻人一样喜欢摆出要大干一番的样子。事实上，他不止一次开始写，又不止一次被不能称其为理由的理由中断。

我感到悲伤的是，既然不写作给父亲带来了那么大的痛苦，父亲为什么不能咬紧牙关坚持写下去。既然父亲对写作那么痴心地一往情深，要写作的愿望那么强烈，为什么不能振作起来，勇敢地面对那些微不足道的干扰。

七

父亲的病来得十分突然。四年前，我的堂哥三午在一夜之间生急病去世。两年前，我姑姑的独生女儿宁宁莫名其妙地被确诊为癌症，而且已经到了无可救药的晚期。我从去年夏天开始，一直为一种怪病缠绕，是一种严重的神经方面的失常，我的血压的高压有时只有七十几，我对宴会恐惧，对人多恐惧，对任何敷衍恐惧，动不动就要吃镇静剂和救心丸，有一次甚至跌坐在上海车站的广场上爬不起来。

父亲病重之前，一直在为我的身体操心。父亲显然有一种很不祥的预感，那就是死亡的阴影正大步地向自己的下一代逼近。有时候遇上那种推托不掉的会议，那种根本不想作陪的宴请，父亲便悄悄走到我面前，看着我一阵阵变难看的脸色，关心地问我吃没吃药。有一次父亲注意到我的脸色太难看了，便和我一同中途退场。父亲逝世之后，伯父很感叹地对我说，过去的一年里，父亲不断地给北京的家里写信，说我的身体情况怎么怎么不好，又说自己怎么怎么为我担心。

父亲为我担心这一点我完全相信。伯父在谈到祖父去世以后自己的心情时说，他感到最大的悲哀是失去了一个可以说话的人。我和父亲在一起有说不完的话，很多人都羡慕我们这种关系。多年父子成兄弟，我们在一起无话不谈，什么都可以聊。我们在文学上有惊人的相似见解，我们互相为对方想写的东西出谋划策，我们互相鼓励也互相批评。父亲很喜欢我去年发表在《小说家》上的那篇《挽歌》，他认为那篇小说写得非常精彩，只是看了让人心里太难过。小说的主要情节是写一个老人哀悼心爱的早逝的儿子，这的确是我去年写得最满意的小说。我的身体正是在这篇小说写完后不久开始变坏的。

虽然因为历史的阴影，父亲最初的愿望是不让我当作家，可是这些年来，父亲常常流露出培养了一个作家儿子的得意。我创作上取得的点滴成功，只是父亲觉得作家应该怎么当的设想的证实。父亲为我提供了一个最好最有利的读书环境，为我树立了一个没必要争名夺利的楷模，父亲让我学会了如何面对寂寞，如何在作品中“有自己”，如何坚强有力地克服干扰。父亲的心路历程，成了我写作时的一面镜子，使我从一开始就明白当作家除了写作之外，别无出路。

父亲的病突然得让人没办法解释。本来只是想住进有着良好条件的高干病房，疗养一段时间。父亲好端端地带了一大包书，一沓稿纸，就像以往常有的情形那样，准备在病房里看书写稿子。

我去探视父亲的时候，父亲仍然像过去一样，跟我大谈等手头的这篇稿子结束以后，打算写什么和怎么写。两年前父亲有机会去泰国，当时他感到非常沮丧的就是，自己作为作家出访，竟然没一本个人的散文集。去年，我终于通过一个朋友的关系，为父亲找到了一个出集子的机会，父亲编完集子以后，吃惊地发现自己这些年来，并没有多少文字。父亲甚至都不敢相信，编一本十一万多字的小集子，仍然也要收集不少自己少年时期的作品。

父亲去世的时候，只有六十六岁。父亲一直相信会和长寿的祖父一样，还有许多年可以活。在医院里，父亲和我谈到他想写的两大系列的文章，当然都是回忆录一类的，父亲想写他的少年，写他的青年和糟糕的中年，想写他所熟悉的祖父的一些老朋友，写他自己的那些难兄难弟。父亲说着说着，会像孩子一样高兴地宣布：“你看，我有多少文章可以写！”

然而父亲在医院里待了半个月以后，就开始有些变糊涂了。最初的诊断是脑萎缩和老年痴呆症。看着父亲突然越变越迟钝，变得像小孩子一样，我不知所措，想不明白为什么一下子会这样。

我不知道父亲是染上了病毒性脑炎。不止一次请好医生会诊，结论都是脑萎缩和老年痴呆症。我唯一能做的，就是顺着医生的思路考虑问题。许多人告诉我，老年痴呆症是一种折磨家属的慢性病。许多人都让我做好长期照顾病人的打算。事实上我的确做好了长期的准备。

我想父亲的思维不像过去那么敏捷已有一段日子。首先我发现父亲写的稿子已开始没有了旧时的光彩。近几年来，父亲对我的依赖越来越大，只要是动笔，事先总是和我讲他的思路，写作途中，不停地向我汇报字数进展，写完以后，不经我看过，一定不会寄出去。如果在几年前，若是鸡蛋里挑骨头，指出这儿或者那儿换一种说法似乎会更好些，弄不好就可能不高兴不愉快，因为父亲一向自视很高。可是这两年，我常常在父亲的稿子里挑出明显的错来，太明显了，明显得只要一提示，父亲就连声认错。

父亲对我的依赖到了可笑的地步，去参加一个会议，发言时说些什么这样的小问题，也要在事前和事后向我汇报。父亲的记忆力也开始坏得不像话，有些话已说过许多遍了，却又当作新鲜事兴致勃勃地告诉我。买什么书也要向我请教，事实上父亲已很长时间不怎么看书，好书不好的书根本弄不清楚。有些书家里分明已经有了，可是却又买了一本回来。

我做梦也不会相信父亲是病毒性脑炎，既然对医学一无所知，当然只有坚决相信医生这条路。我不得不相信父亲的确是脑萎缩，的确得了老年痴呆症。父亲的病迅速发展，他的智力水平很快降到了一个七八岁的小孩子程度，清醒一阵糊涂一阵，对于遥远的事，依稀还记得一二，对于眼前的事，刚说过就忘得一干二净。

父亲在最后的日子里，除了偶尔还继续他的作家梦，就是反复地想到老朋友高晓声和陆文夫，一提到高晓声叔叔就哈哈大笑，一提到陆文夫叔叔就号啕大哭。很显然，父亲已失去了基本的理智，眼光里常常发呆，哭和笑都让人捉摸不透。我不得不向来探望的人打招呼，让他们千万不要提到高叔叔陆叔叔。来看望父亲的老朋友实在太多，有的在短短的几天里连着来。父亲的为人众口交誉，大家都不肯相信大限的日子已经到了。

父亲的大小便开始失禁，开始嗜睡，开始浅昏迷，开始整个失去知觉的深昏迷，病情发展之快，让人目瞪口呆，伯父百忙中从北京赶来，陆叔叔从苏州赶来，好友亲朋纷纷赶来。

父亲的忌日是九月二十三日。这一天是省文代会报到的日子，各地代表风尘仆仆来了。父亲咽气以后，天色忽然大变，下起了大暴雨。此后一直天气晴朗，父亲火化那天，又正好是文代会闭幕，大家都说父亲真会选日子，说父亲不忍心让老朋友赶来赶去地奔丧，利用开文代会的机会和大家就此别过。

父亲火化的那天晚上，天又淅淅沥沥下起小雨来。

八

即使在最后的日子里，父亲也没有意识到自己会魂归仙岛。父亲即使死到临头，仍然顽固地相信自己会成为一个好作家。父亲没有认输，在精神上，父亲仍然是个胜利者。父亲带着强烈的作家梦想撒手人寰。在另一个世界，父亲仍然会继续他的作家梦想。

父亲的故事感伤地记录了一代知识分子曲折的心路历程。

父亲的故事只是一个文学时代的开始。

父亲的故事永远不会完。

1992年11月

我的大学梦[1]

我对读书的迫切愿望，现在回想起来，是整个青年时代最重要的一件事情，每当我打开这个话题时，就觉得津津有味。人总是会情不自禁地回忆，我有很多散文都写过这件事情，其中有一篇散文的标题就是《想读书》。我中学毕业是一九七四年，数学考的是珠算，而且当时只学到乘法，几何只学了一个模型。这种程度和现在初一的学生差不多。

我印象很深的是初中毕业。班上有很多年龄大的人，初中毕业就可以工作了。他们很高兴，早工作早拿钱，而且工龄也长了。我的年龄得继续上高中。高中是两年半，整个高中期间，每年学工一个月，学农一个月，还要军训，几乎没好好读过书。

高中毕业我待业一年，这一年实际上是我做祖父叶圣陶的“秘书”，我照顾他老人家，与他聊天，陪他去看他的朋友，在他的身边乱看书，读了很多现代派诗人的诗。按照当时的标

---

1 “自述”系根据叶兆言与余斌的对谈摘编而成，所摘均为叶兆言所谈。全文摘自《叶兆言文学回忆录》一书。特此说明。

准，我面前的路倒是比较光明，我是独子，不用下农村，迟早会有个工作，我当时没有危机感。一年后，祖父让我回南京工作，因为当时工人阶级是个很美好的词，他没有阻拦我。我进工厂的时候，应该说是皆大欢喜，虽然是一个非常小的厂子，但是对比下乡，这个两三百人的小厂就是个很不错的单位，而且我的工种也不错，是钳工。

我产生想读书的愿望，是进了工厂以后。由于工厂那种完全机械的工作，整天没有一点乐趣地生活。恢复高考后，突然感觉到上大学成了唯一的目标。当时形式上的读书气氛还是有的，譬如到处提倡办“七二一”工人大学，各个厂都自己兴致勃勃地办大学。我们那个小厂就和北京理工大学（还是北京工学院）联办，那时候，有位老师带着一群学生来我们厂实习，一方面搞科研，一方面就像做好人好事一样，为我们这个大集体性质的小厂办工人大学。这是那个特定年代里的一幕情景喜剧。

我进了工厂后，突然变得很上进起来，虽然不知道自己想学什么，可整天就是想学习。自己厂里要办工人大学，我非常积极，连做梦都兴奋。我那时候在厂里学技术比较用功，老师傅都很喜欢我，都觉得厂里办大学，对我这样上进的人是个好机会。我在厂里人缘也很好，有一个我最好的朋友，他是电工，对上不上工人大学是无所谓的态度，我拼命劝他去。他不肯写申请，我就自己写一份申请，又代他写一份上交了。很快，厂里的批文下来了，可是，唯一刷掉的一个人却是我。

刷掉我是因为办这事的人跟我过不去，他跟我过不去完全莫名其妙。当时一位老师傅问他为什么不要我，他说，我没有培养前途。事实的真相，是他让我替他买药，一种很贵的自费药，第一次买了就没付钱，后来又要，我父亲觉得他在敲竹杠，让我拒绝，他因此就怀恨在心。这件事曾让我很伤心，为什么我这么计较这件事呢？因为在上班时间，跟我一起进厂的那些学员到时间就可以去学习了，我却还在干活，而我又是那么想读书。我那位好朋友说："反正我也不想读什么微积分，既然是你替我报的名，你干脆替我去上课算了。"

当时我心里真的很难受，觉得窝囊，憋气，又无可奈何。后来我就去上夜校，这谁也拦不住，因为是下班时间。当时夜校和扫盲班一样，工厂的工人去读不用花钱，我就报了机械制图和高等数学，一个星期上两晚的课。夜校有语文课，但那时候我对语文没什么感觉。对我来讲，最正常的就是学自然科学。那年头读夜校的人不是很多，说穿了，我还是为了想做一个非常好的工人，才去学机械制图的。

当时的社会十分简单，没有什么娱乐，我只有两个爱好，其中之一是照相，另一个就是读书。那时人的精力过剩，时间太多，读书就是读书，没有什么目的，没有人不想当工人，因为工人是那时候最好的选择。想上大学不想当工人，是恢复高考以后的事。记得当时很兴奋，整个夜校沸腾了，因为想读书的"傻瓜"都集中在夜校里。我敢说，后来的很多人才，就是夜校里的这些人。

我当时就是想读书，读什么无所谓。一开始是准备考理科，我在中学时自我感觉化学很好，于是就想学医。化学和学医究竟有什么联系，当时也没想明白。一听到恢复高考，机会来了，我很自然地就拿起化学课本学习，还专门去一个老师那里补习数学。

我家里都反对我学文科，南京的家人和北京的祖父、伯父在这方面态度惊人的一致。我父亲因为被打成“右派”，很恐惧这个东西。对于我来讲，报考大学，考什么都有可能，考数学、化学、医学，甚至林业，都非常自然，但我做梦都没想到会考文科。恢复高考后，我就很兴奋地准备考理科，报名的时候，突然发现一个严重问题，理科要体检，而我的眼睛体检是不合格的，因此，想上大学只能考文科，不能考理科。当时想读书的欲望很强，就临时改文科了，匆匆上阵，第一年虽然参加了复试，但还是落了榜。落榜对我来说是个刺激，因为我发现自己很笨，很糟糕。

当时七七和七八两级学生之间实际相差只有半年，而这半年中，南京市机械局系统办了一个正式的工人大学。过去的工人大学是厂里推荐，这次却要正经八百地报考。考上了，由厂里出钱，读三年，于是我就去考了，结果以第一名的成绩考上热处理专业。可是，我并没有读这个学校，事实上，我不过只是去上了一天课。我只记得那天去上课，感到很孤独，我谁也不认识，下课时，别人都在那里侃侃而谈，非常自信。我第一天上课的感觉非常不好，热处理专业是什么，我为什么要学热处理，原来不成问题的问题，都冒了出来。现在回想起来，我当时的思想斗争十分激烈，真有一种世界就要停止的感觉，或者说只是一种恐惧，是一个人面对选择时的恐惧。因为在这之前，我从来就没有把握自己命运的机会，一切都是身不由己，没有任何选择。

那天晚上回去之后，我没跟我父母商量，这种事用不着商量。幸运的是，我性格中那种不在乎的一面，起了决定性的作用。第二天，我没去上课，而是到厂里找我们的一个副厂长，问他我能不能不读这个学校。他开玩笑地说："钱都交上了，你怎么能不读呢？"我就说："那钱我来赔好了。"他笑着说："不得了，就你们家钱多！"直到现在，我仍然很感激这位副厂长，因为他见我决心已定，突然话锋一转，很严肃地说："说老实话，你就不应该读这个学校。可惜了，你不是这块料，你应该有更好的机会。"他给了我一个很好的台阶，他的意思是说，叶兆言你读这个书委屈了。有他这句话，我很轻易地退了学。

退了学，除了高考，我已没有别的退路。当时的压力确实很大，我这人并不聪明，学什么都比别人慢，于是为自己设计了一条退路，我想，要是考不上，那就再考，大不了脸皮厚一些，能考几年考几年，来点愚公移山的精神吧。

一九七八年第二次考大学的时候，我很紧张。考完之后我去了北京，考分公布以后，我表姐对我讲，以这个分数肯定能被重点大学录取，我就喜气洋洋地等消息。但是，周围的人都接到通知了，我却一直没收到。我母亲便找熟人去打听，是拜托南大的吴伯匋教授，他和我父母都很熟悉，学问不错。他一本正经地来我们家，说你们家孩子这次没考好，我已经去问过了，没录取。当时我感觉真是当头一棒，后来才知道是考上了。

填志愿的时候不知怎么填，有人告诉我多填点，我就把文、史、哲都填了，按说只可以填两个志愿，可是我冒冒失失填了三个，当时的如意算盘是录取什么就读什么。结果如愿以偿，被南大中文系录取了。这一切，让我感觉到，以前所有的事都有一种无形的东西在控制它，逼着往这条路上走，好像是命中注定的。

2000年2月18日

借书满架

近来买书越来越少，首先因为书贵，其次因为书多了没地方放。父亲是南京的藏书状元，家里是房间就有书，书占了太多的空间，书挤人，人只好反过来再挤书。我虽然搬开来住了，个人藏书不敢和老父亲比，但是不几年也有了六橱书。

书多了也累赘，于是借书成癖。借书有许多好处，譬如人再聪明，买书也有买错的时候，多厚的一本书，付款前看走了眼，临睡觉倚枕享受，越看越煞风景，气得睡不着觉，连做梦都喊冤。又譬如买书往往不看，书买回来以后，明知是好书，却为了反正是自己的，由先不着急看，渐渐变为忘了看。又譬如买了好书怕人借，过去有种说法，借人书一痴，还人书一痴，有了好书最怕人借，最怕好朋友借，借了不还，心里不痛快，只好赌气再去买一本。

借书则没有这么多烦恼，花钱买书是明媒正娶，借书则只是谈朋友。好歹是借的，不好看还了拉倒。借了要还，想不抓紧看完也不行，买书可以不读，借书舍不得不看。借来的书不怕借，借出去了，也可以名正言顺跟别人要，书是图书馆的，是公共财产，追讨起来理直气壮、冠冕堂皇。

我说的借书满架，当然是借公家的书。个人的藏书再多再丰富，和图书馆比起来，一定小巫见大巫。其实我直到读大学，才第一次尝试借书。在此之前，我一向觉得自己家有万卷书，读都读不完，干吗还要去借！真正尝到借书甜头是在读研究生期间，动手写论文前，我把大量的时间都泡在阅览室里，翻了数不清的老掉了牙的旧刊物，临回家，必是“贪得无厌”地借几本书，连夜苦读，第二天依然如故。那段时间，我真应该算是一位用功读书的好学生，天天不到深夜一点绝不睡觉。南大中文系的一间大教室里，珍藏了大量民国时期出版的图书，就阅读而言，我可过足了瘾。

我的书橱有一层专门用来放借的书，凡是能借书的地方我都大献殷勤，名正言顺的不算，诸如我父亲过去的单位、现在的单位，我爱人的单位，是地方我就插上一脚。这些年来，我每隔三年五载便换单位，因此能借书的点不断增加，一有空就拎着一包书东走西窜。借书满架实在其乐无穷，再也没什么比死的书橱中，有一个流动的活书架更让人赏心悦目。

书是人类的朋友，读书是心灵之间的交流，买书的黄金时代已经过去，喜欢读书却又有些阮囊羞涩的人，口袋里有钱、房子又太小的人，不妨以我为师，在经济实惠的借书上下下工夫。个人很渺小，集体非常伟大，公家的书不看白不看。一粒米一滴水都不应该浪费，一本书放在那儿不看太罪过。

第 二 章

群莺乱飞

朱自清先生醉酒说英语

读朱自清先生日记，有几处小记录让人会心一笑。譬如喝醉了酒，一向拘谨的朱先生会慷慨陈词，对熟悉的朋友大说英语，这是地道的酒后“胡说”和出“洋相”。事后听别人说起，朱先生非常震惊，也非常羞愧。我们都知道朱先生是个认真严肃的人，酒后失态本不足为奇，发生在他身上却多少有些意外，仿佛做鬼脸，如果是学童倒也罢了，没想到私塾先生也变得调皮捣蛋起来。三十年代初，朱先生以清华中文系主任的身份，去欧洲做访问学者，为此写了《欧游杂记》和《伦敦杂记》，传唱一时。不过我更喜欢他的日记，因为这类文字不为发表而作，可以读到更真实的东西。一九三三年十二月五日的日记中有这么一段：

> 早大一有人示我“文侯之命”，问文侯是指重耳否，余竟不知所对，惶恐之至。

即使最有学问的人，也不可能什么都知道，“惶恐之至”充分说明朱先生做人的态度。在英国期间，因为英文程度不够，朱先生屡屡遭人白眼。不由得想起闻一多和郁达夫国外留学时的情景，都说中国人出了国都爱国，但是留学的年龄阶段不同，思想情绪也不同。闻和郁在国外做学生时岁数还小，受人歧视，难免孩子气，因此也难免口号标语似的愤怒。朱自清已经是清华的大教授、系主任，他所产生的情绪就要复杂得多。

首先是学外国语言产生的自卑。年龄越轻，学习语言能力越强，反过来，年龄越大，能力越弱。但是年龄大了，理解能力更强，于是弱和强的悬差，让做事认真的朱先生无所适从。出国三个月以后，朱先生第一次做了这样的梦，他梦见自己“被清华大学解聘，并取消教授资格，因为我的常识不够”。这个梦很值得让人玩味，一个月后，他又一次做了类似的梦，“梦见我因研究精神不够而被解聘，这是我第二次梦见这种事了”。有趣的是这种噩梦还在延续，过了四年，早已回国的朱先生在日记中写道：

> 昨夜得梦，大学内起骚动。我们躲进一座如大钟寺的寺庙，在厕所偶一露面，即为冲入的学生发现。他们缚住我的手，谴责我从不读书，并且研究毫无系统。我承认这两点并愿一旦获释即提出辞职。

我想说的是，做学问的人老是自卑和自责，绝对不是什么坏事，盲目自大才是可笑的。钱钟书先生在小说《围城》中，把出国留学镀金比喻成为种防止天花的牛痘，胳膊上有了那么一个疤，做学问的便算功德圆满。这个带有讽刺意味的比喻虽然尖刻，毕竟涉及了要害。朱先生在日记中曾这样勉励自己，说现在大学里的好位置，差不多都已被归国留学生占满了，像他这种没出国留学过的教授已是硕果仅存，必须自重，珍惜自己的机会，要加倍努力。这绝对是当时的实情，留学犹如科举时代的功名，有没有进士出身的身份至关重要。朱先生日记中，屡屡能看到俞平伯先生闹加薪，这让朱先生很为难，作为好友，深知俞平伯的学问，可是作为系主任，不能不考虑到资历，只能让俞一再失望。俞先生出身北京大学，和傅斯年一样，同为黄侃先生的高足，又同是五四新青年，可是傅在国外留学多年，其地位和待遇不知高出多少。一九二〇年俞先生和傅斯年曾乘同一艘轮船去欧洲闯荡，到英国以后，傅先生留了下来，俞先生却因为留学费用不足，玩了一圈潇洒回国，结果没有洋学历便成终生的遗憾。

朱先生在英国做访问学者的时候，非常用功，像海绵一样充分吮吸着西方的养料，文学、哲学、艺术、交际舞以及各种客套礼节，无不一一虚心学习。值得指出的，朱先生此时虽已和陈竹隐女士订婚，并没有完婚，是地道的黄金王老五。在朱先生身上，见不到今日成功人士的那种自以为是，他到了西方，没有潇洒地赶快享乐人生，而是老老实实做学问，丝毫不敢怠慢。庞大的西方像座高山一样蛮横地挡在他前面，他努力了，用功了，甚至可以说奋斗了，但是结果却是，越想更多地了解，越发现根本不了解，越是崇敬，越是自卑。因此，在他的梦境中，没有学问被解聘也就不奇怪，隐藏在潜意识中的恐惧仿佛漏网的鱼逃了出来。

自从进入近代以后，中国的学人对于西方总是崇敬与疑虑并存，陈寅恪在《冯友兰中国哲学史下册审查报告》中说：

> 窃疑中国自今日以后，即使能忠实输入北美或东欧之思想，其结局当亦等于玄奘唯识之学，在吾国思想史上，既不能居最高之地位，且亦终归于歇绝者。

陈先生的意思，是说无论生搬美国的资本主义，还是硬套苏联的社会主义，在有着几千年传统的中国，都成不了大气候。这道理大家多少也有些明白，陈先生在国外待过许多年，通许多国语言，由他来指出这件皇帝的新衣最有说服力。问题在于，事物总是有另一面，成不成大气候是一回事，管用不管用又是另外一回事。外来的和尚好念经，外国的东西确实对中国起着决定作用，这不仅表现在政治思想上，同时也反映在学术思想上。吴宓先生在晚年的日记中曾说：

> 寅恪兄之思想及主张毫未改变，即仍遵守昔年“中学为体，西学为用”之说（中国文化本位论）。在我辈个人如寅恪者，决不从时俗为转移。

“中学为体，西学为用”本身就是一种时俗。趋时从俗有时候免不了，只有程度的不同，就好像同样喜欢外国的好东西，有人关注先进的文化思想，有人留恋流行的实用小家电。不同的人，对西学为用的“用”，有截然不同的理解。不由想起学术界关于中国人种起源的讨论，古文大师章太炎的《种姓篇》就认为中国人的祖先源于古巴比伦人，另一位经学大师刘师培也持差不多的观点。时至今日，这种胡乱认人作父的学术观点听上去怪怪的，但是在一个世纪前，这其实是一些很有意义的思考，学术界不仅怀疑中国人源于古巴比伦，而且还可能是古埃及古印度的后裔。

做学问具有开放性的思维总是好事。陈寅恪先生的过人之处，在于他对西方文化有超过常人的学识修养，在于扎实的现代史学基本功训练。陈先生也承认，他研究中西文化交流，尤其是佛学传播和中亚史地，都曾深受西洋学者的影响。这是一些终身受用的影响，在很多方面，外国人做中国的学问，比中国人做得更好，这是一个不争的事实。然而仅仅只是受其影响，还是远远不够，师傅引进门，修行在各人。做学问有做学生的虚心是对的，如果老是当不长进的学生，老跟在洋人后面亦步亦趋就不足取。受最先进的学术影响，向最先进的思想看齐，是通往真理之路的捷径，也是打开现代学术之门的钥匙，去西方留学不外乎为了走捷径和找钥匙，朱自清正是带着这样的观点远赴英伦。但是，天下没有免费的午餐，便宜无好货，捷径也会把人引向死胡同，钥匙也可能只是打开了一道无关紧要的院门。

有个河南人去美国研究哲学好多年，突然看破红尘，起程回国，去少林寺当了和尚。大家觉得奇怪，既然是出家，何必远涉重洋，绕道美利坚，直接在老家上山不就行了。做学问犹如出家当和尚，有时候非得绕道走点弯路才行。顿悟的境界不是什么人都能轻易达到的，看问题的角度不同，得出的结论也就不同。上个世纪的六十年代末，中国正进行着如火如荼的“文化大革命”，著名汉学家李约瑟先生在《东西方的科学与社会》中表达了一个十分有趣的观点，这个观点我们真是不太乐意接受，就是中国科学的发展主要是为了“实用”。无论是在过去，还是今天，中国人都天真地相信自己的文化传统，更多的是精神上的追求，“朝闻道，夕死可矣”，所谓“君子养浩然之气”。天知道中国的科学实用在什么地方，恰如鲁迅先生说过的那样，中国人发明了火药是做爆竹敬鬼神，发明了指南针也不过是用来看风水，而火药和指南针只有到了洋人手里，才能成为征服殖民地掠夺宝藏的利器，应该说洋人讲究实用才对。

联系到“中学为体，西学为用”这句著名的口号，就会意识到李约瑟并没有完全说错。不识庐山真面目，只缘身在此山中，“实用”这个词早就扎根在我们的文化中，只是不知不觉。越是到近代，实用的观点越是甚嚣尘上。譬如郭沫若对闻一多先生有个很新奇的比喻，说闻先生虽然在古代文献里游泳，但不是作为一条鱼，而是作为一枚鱼雷，目的是为了批判古代，是为了钻进古代的肚子，将古代炸个稀巴烂。闻一多生前也曾对臧克家说过："你诬枉了我，当我是一个蠹鱼，不晓得我是杀毒的芸香。虽然两者都藏在书里，他们的作用并不一样。"他声称自己深入古典，是为了和革命的人里应外合，把传统杀个人仰马翻。在一些文章中，他甚至把儒家道家和土匪放在一起议论，"我比任何人还恨那些故纸堆，正因为恨它，更不能不弄个明白"。

我一向怀疑这话中间多少有些作秀成分，按照我的傻想法，闻先生如果不是对中国古典的东西情有独钟，有着特殊的兴趣，绝不可能成为一名纯粹的书虫。抗战期间，西南联大的文学院落脚蒙自，闻先生在歌胪士洋行楼上埋头做学问，除了上课、吃饭，几乎不下楼，同事因此给他取名为"何妨一下楼主人"。如果仅仅是为了和古代文化作对，给传统添些麻烦，这种信念支撑不了多少时间，因此，我更愿意相信他只是找个冠冕堂皇的借口，因为在习惯中，大家共同关心的兴奋点，常常是我们的行为有什么"用"，对于国计民生有什么实际的好处，有什么样的思想教育意义。以成败论英雄，以有用没用来衡量价值，这种学理定势并不是随便就能改变。做学问和做生意并不一样，可是在谈论别人的学问时，我们常犯的一个低级错误是自己也忍不住变成了生意人。

正如把清朝乾嘉学派的考证说成是只会做死学问，简单地归结一代知识分子怕掉脑袋，这种貌似深刻、似是而非的简单结论，多少有点投机取巧。乾嘉学者在考据上找到的乐趣是后人无法想象的，学问无所谓死活，书呆子往往比那些读书的机灵鬼更可爱。回顾已经过去的二十世纪的学术史，我对闻一多先生学术研究的中断觉得最痛心，因为他对中国文学史研究的独到匠心，空前绝后无人匹敌。与严谨认真的朱先生相比，闻先生的才、学、识各方面都更胜一筹。虽然在美国留学时学的是美术，但是因为早年就打下的良好西方教育基础，就如种过牛痘已有免疫能力一样，他不会在令人眼花缭乱的西方思想面前无所适从。他全身心投入自己所做学问的那股疯狂劲儿，为了一个词语一个神话下的刻苦钻研工夫，是同时代以及后来的学人望尘莫及的。

更难能可贵的，是闻先生拥有诗人的敏感与丰富想象。良好的基础与吃苦耐劳的精神，对于做学问来说，确是非常难得，毕竟还不是凤毛麟角，无迹可寻。就像是否“有用”不是最重要的一样，基础与刻苦只是鸟的一对翅膀，没有翅膀飞不起来，也飞不高，但是，仅仅有翅膀仍然远远不够。诗人的敏感和想象能够创造一切，纵观古今中外，第一流的学问恰恰都是有诗人气质的人完成的，诗人不计成败利钝，无所谓后果，不在乎起因。放大了说，诗人气质绝非只有诗人才有，这是一种难以用语言描述的东西，看不见，摸不着，无声无臭，来无影去无踪，它创造了世界上一切真正美好的东西。

诗人气质不仅造就了第一流的诗人，还可以产生第一流的艺术家和科学家，产生第一流的政治家和商人，产生第一流的军人和运动员。自然科学和人文科学在诗歌精神上可以对话，大科学家本身就是一首诗，牛顿、达尔文、爱因斯坦，他们的发明创造离开不了诗歌精神。乾嘉学者致力于训诂，达尔文研究人类进化，牛顿和爱因斯坦投身于物理学，都是异曲同工，因此，不要以是否实用来判断是非，不要以是否产生经济利益评估价值高低，这种老调还得重弹。

2001年3月12日　河西

看望朱自清夫人

我的祖父与朱自清先生有很不错的交情，一九七六年，祖父与俞平伯先生相约，一起去看望病中的朱先生遗孀，此时距朱逝世已经快三十年。祖父在给俞先生的信中写道：

> 下书访佩弦夫人之事。前曾相约，五一以后共往一访。今五月将尽，故此奉商。弟可以要教部之车，而清华道远，耗油量多，不欲以私事而享此“法权”。至于雇车，其事不易，费亦不少。考虑久之，是否容弟先往，缓日再为偕访。弟已托人探询到朱夫人宿舍，于何站下车，入清华何门为便。到清华之公共汽车自平安里出发，则夙知之也。

这一年祖父八十二岁，当时没有出租车，从祖父住处去远在郊外的清华很不方便。俞先生回信同意祖父先去，祖父于是进一步“详细探明到彼之远近”，弄明白“下公共汽车而后，只需步行一站光景即到”，自忖“弟之足力犹能任也”。到五月三十日终于成行，并写信向老友报告经过：

昨日上午与至善出城访竹隐夫人，往近四小时有余，坐一小时，多年积愿，居然得偿，堪以自慰，兄伉俪代致意，已经转告。竹隐夫人不能谓如何佳健，肺气肿，时觉气喘，右目白内障，曾动手术，视力已极差。子女五人，在京者仅两人，乔森在京市农林局，女容隽在北京师院，只能每周或间周来省视一次。有一每日能来三小时之阿姨帮做收杂事，长时则独居一室。此境不能多想，设或临时病作，步履倾跌，呼而无应，如何是好。弟于此未敢说出，今作书简述，自当以所虑相告。

老派人的古板做法，在今天看来有些陈旧。不过，我们至少从这里看到友谊给人带来的另一种自慰。记得也是在“文化大革命”后期，祖父去上海复旦看望郭绍虞先生，市里要派一辆小车给他，祖父想了想，决定还是坐三轮车去，因为他觉得看望朋友是私事，而且坐小车去也有摆阔之嫌疑。

“花径不曾缘客扫，蓬门今始为君开”，君子之交，其淡如水。割脖子换脑袋，同生共死，这是友谊的一种过分夸大。友谊根本用不到走那样的极端。友谊有时候都是些婆婆妈妈的小事，简单、琐碎、平淡，是“相思相见知何日，此时此夜难为情”。

2001年7月22日

白马湖之冬

一

一九二一年深秋，夏丏尊先生一家从热闹的杭州，搬到浙江上虞的白马湖。在《白马湖之冬》这篇文章中，夏先生把当时的景象写得十分不堪：

> 那里的风，差不多日日有的，呼呼作响，好像虎吼。屋宇虽系新建，构造却极粗率，风从门窗隙缝中来，分外尖削，把门缝窗隙厚厚地用纸糊了，椽缝中却仍有透入。风刮得厉害的时候，天未夜就把大门关上，全家吃毕夜饭即睡入被窝里，静听寒风的怒号，湖水的澎湃。靠山的小后轩，算是我的书斋，在全屋子中风最少的一间，我常把头上的罗宋帽拉得低低的，在洋灯下工作至夜深。松涛如吼，霜月当窗，饥鼠吱吱在承尘上奔窜，我于这种时候深感到萧瑟的诗趣，常独自拨划着炉灰，不肯就睡，把自己拟诸山水画中的人物，作种种幽邈的遐想。

《白马湖之冬》是夏先生的散文名篇，现在知道的人，大约已不多了。人书俱老，当年喜欢开明书店出版物的读者，如果还健在的话，对这篇文章一定记忆犹新。今天的青年人看起来，夏先生实在是太古老了。虽然从年岁上来说，他比周作人还要小两岁，可是在我印象中，似乎该和周作人的哥哥鲁迅差不多。

我们习惯于把鲁迅那一代人，称之为五四一代，其实这个深究不得。五四运动发生的那一年，鲁迅已快四十岁，夏先生也三十好几，他们的世界观早已形成，信念开始顽固。我们所说的五四一代，应该是他们教的学生，他们这代人是陈胜吴广，他们的学生才是项羽刘邦。夏先生搬到白马湖之前，曾和鲁迅先生共过事，那时候，他们同在杭州的浙江两级师范任教，既是浙江同乡（上虞县隶属绍兴府），又都是从日本留学归来，同属“柿油党”之类的新派人物。我在夏先生文章中见到鲁迅不太被别人提起的小事情，譬如鲁迅当时教生理卫生，应学生的要求，加讲“生殖系统”，这在当时，绝对是一件很过分的事情，因为那年头还没有进入民国，还是在前清，性知识十分落后和保守。鲁迅有很好的古文底子，他是章太炎先生的高足，讲课难免乃师之风，用的字今天看起来都非常古奥陌生，譬如用“也”表示女阴，用“了”表示男阴，用“糹”代表精子，对于没有古文字基础的人来说，差不多就是天书了。

二

夏先生十五岁中秀才，十六岁结婚，十八岁当父亲。封建社会的读书人，一当秀才，基本上就是上了贼船，免不了要在科举这条道上走到黑。夏先生的家族似乎谈不上诗书传家，他父亲和他一样，也是个文乎乎的秀才，而且仅仅就是个秀才，像未中举时的范进那样生存着。父亲一辈的叔伯，夏先生自己一辈的兄弟，都不是什么读书人，只有他们父子两个是夏家的读书种子，其他人经商，靠别的本事谋生。万般皆下品，唯有读书高，夏先生父子在家族中承担着“中举人点翰林，光大门楣”的重任。父亲眼看着不行了，五间三进大宅子里的美好希望，便落到了夏先生身上。

好在科举废除了，釜底抽薪，这点往上爬的希望想不落空都不行。夏先生只能改走别的路，去读新学。告别八股文，进新学堂，那场面十分热闹，活像二十多年前的恢复高考。一时间，百废待兴，各式各样的遗老遗少，各种年龄段的学生夫子，携手走进了同一教室。夏先生求学时进过许多学校，留过洋，同学中有名气的人不少，像北京大学的马寅初就是中西书院的同学，这学校是东吴大学的前身。可是夏先生学校的门槛进了不少，却从没有认认真真地得到过一张文凭，或许是经济实力不够的缘故，他的学校生活是虎头蛇尾，临了都没毕业。

一九七八年，我考上了大学，忍不住有些得意，祖父迎头就是一盆冷水，告诫说不要把上大学当回事。他说我们老开明的人，一向都看不上大学毕业生，大学生肚子里没东西的人多的是。我不敢武断地说开明的老人中，有很多都不是大学生，但是我熟悉的好几位，都是重量级的人物，就没有大学文凭。开明不重学历只重学问是不用怀疑，同样，老开明的人确有学问，这一点也不用怀疑。夏先生并不是开明的老板，他是开明重要的负责人，主持日常工作，开明出版的重点图书，差不多都是经过了他的拍板。开明在中国出版史上能有那样的成就，夏先生功不可没。

我读到《白马湖之冬》的时候，已经是大学三年级，当时的感受十分滑稽，因为印象中的白马湖，完全不是这个样子。文字描写的现实，与真实世界的现实，总是有着这样那样的差异。赵景深先生在文章中曾说，夏先生就是白马湖人，这是不对的。白马湖原是一片荒野，因为民国初期兴办教育，春晖中学建在了这里，才渐渐有了人气。夏先生在春晖中学任教，湖对面盖了房子，取名为平屋，也就是《白马湖之冬》里“静听寒风的怒号”的那栋房子。与平屋毗邻的是丰子恺先生的“小杨柳屋”，再过去还有弘一法师的“晚晴山房”。荒山野地，凭空有了这些名人，也就立刻有了文化。

人杰地灵，平屋之美丽，远不是三言两句就可以说清楚。很多人去苏州，看到叶家的老屋，也就是现在的《苏州杂志》社，都说这房子如何漂亮，他们不知道夏先生当年见了这房子，曾十分不满，用一口绍兴话对我大伯说："你们老人家的房子造得尬笨，并排四间，直拔直的。"我大伯是夏先生的女婿，以夏先生的内敛性格，不是至亲，这种话大约是不愿意议论。或许因为是亲家翁的关系，很多人与我聊天，误以为夏先生的岁数与我祖父差不多。其实我大伯是长子，大伯母是夏先生的幼女，夏先生的长孙与我父亲同年。叶家夏家的后人在一起，同龄人相差了一辈，常常为彼此之间的称呼尴尬，年龄和辈分有些复杂，大家只能指名道姓乱喊。

话还是回到白马湖的平屋上来，这栋房子显然浸透了夏先生的心血，这是他的得意之作。读者千万不要因为读了《白马湖之冬》这篇文章，就把平屋想象得如何差劲。君子固穷，穷了才雅，夏先生这样的老派文人笔下，不屑使劲地夸耀自己的房子。要想领略平屋的风光，最好的办法是去读别人的文章。在同辈作家的笔下，有不少文字提到了白马湖的秀丽景色，其中仅仅朱自清一人，就为这地方写了好几篇美文。"文化大革命"后期陈冲主演的电影《春苗》，当年轰动一时的电视连续剧《围城》，外景地选在了白马湖。看过这些电影电视的人，想必对那个湖光山色的优美还会有些印象，而《围城》中的几场室内戏，干脆是在平屋里拍摄的。

大伯母当年看电视剧《围城》十分激动，因为她就是在那栋房子里度过了童年。

三

我第一次随大伯母到白马湖的时候，是一九七四年，那一年我十七岁，大伯母已是年过半百。也许是初夏的关系，白马湖与夏先生文章中的描写，丝毫不搭界。我知道的都是些似懂非懂连不起来的故事，首先，是夏先生名字中的那个“丏”字实在有些难度，连中央电视台的播音员都要读错。我至今也不太会写这个字，电脑用五笔字型怎么都打不出来。大伯母告诉我，夏先生当年用这个字，是故意要让人把字写错，“丏”很容易写成“丐”，写错了，写着他名字的那张选票便自然作废。

白马湖的水很清，山清水秀，大大小小的湖面一个挨着一个。白马湖只是其中最美丽的一个，我天天到湖里去游泳，有一次竟然游到好几里路外的驿亭去了，一来一去，要好几个小时，把大伯母和夏先生的大儿媳吓得够呛。正在焦急之中，有一个老乡告诉她们，看见有人往某某方向去了，结果当我游回来的时候，两个老太太正站在岸边的码头上跳脚。

闲时我们就在平屋的阁楼上乱翻，夏先生一个在上海长大的重孙回乡当知青，正在那里插队落户，他要比我大好几岁，让我对着亮光，看了一些陈年旧月的底片。那是一种落满了时间灰尘的玻璃底片，和后来常见的黑白胶片不一样。夏先生的二儿子喜欢摄影，这大约就是他留下来的，我们胡乱地翻着，看着，因为所有的影像都黑白颠倒，也没看出什么名堂。

虽然是在乡村，这地方比任何一个繁华城市更有文化气息，更能感受到历史的痕迹。在我的印象中，白马湖的平屋和周围环境合在一起，就是一幅意境悠远的国画。在这样的环境里，很自然地可以远离当时的“文化大革命”。大伯母和她的嫂子都是家庭妇女，她们已经许多年没有见面，两人没完没了地说着过去的故事。这屋子里曾来过许多现代文学史上的重要人物，除了弘一法师、丰子恺，还有朱自清和俞平伯。还有那些到春晖中学去的社会名流，这些人想来也会在平屋留下足迹，譬如蔡元培，譬如何香凝，包括吴稚晖和黄炎培，他们都是春晖中学的创办者经亨颐的好友。

大伯母老是要跟我念叨弘一法师，讲很多年以前，弘一法师怎么到白马湖来做客。说他拿着自己珍藏的一块毛巾去湖边洗脸，毛巾上到处都是破洞，夏先生急忙追了出去，要为他换一块新毛巾。弘一法师很认真地说：“这块毛巾很好呀，你看不是还能用吗？”到吃饭的时候，因为弘一法师是吃素的，夏先生为了他的营养，特地关照在萝卜中多放些油，油是多放了，却有些咸，夏先生忍不住要埋怨夏师母，弘一法师又心平气静地说：“不咸的，这很好吃，真的很好吃。”

大伯母告诉我，夏先生一生中最要好最佩服的朋友，就是这位弘一法师。夏先生把弘一称为“畏友”，意思是说弘一法师的一言一行，对自己都能起着启迪和激励的作用。我当时并不太明白这里面蕴藏的禅机，对弘一法师谈不上什么敬意，只是把使用破毛巾，简单理解成为艰苦朴素的革命传统，同时又觉得就算是把萝卜烧得咸了一点，也不是什么大事。

夏先生一再强调，对于物质世界，我们平常人从来都是简单的拥有，只有是高人，才能像弘一法师那样，真正体会到破毛巾和萝卜的妙处。

四

夏先生身上很有些名士气。当年的平屋门口，写着一副对联，“青山当户，白眼看人”，好一个“白眼看人”，完全是不食人间烟火的意思。还有一副对联，“宁愿早死，莫做先生”，据说也是夏先生的，这大约是“命薄不如趁早死，家贫无奈做先生”里化出来。五四以后，整个社会在一片呐喊声中，很快陷入了彷徨。夏先生对国家的前途颇有些失望，搬到白马湖，译点小文章，在春晖中学教几节课，幻想着过隐居的田园生活。开明后来出版的一本畅销书《爱的教育》，就是他在这时期翻译的。

有一天，好友刘大白打了一封电报给夏先生，邀他去杭州做官。刘大白曾是他的同事，五四前后一起支持过学生运动，按说也算是志同道合。从情理上来说，刘大白显然不会给夏先生当上，换了别人准会喜出望外，夏先生却把电报扔还给了脚夫，一句话也不说，自顾自地弄着门前的花木。送电报的脚夫急了，说：“老先生不给赏钱，脚钱总得给吧，我好歹是来回跑了十几里路。”夏先生说：“电报又不是我叫你送的，你要脚钱，向打电报的人要去！”脚夫气得想骂娘，又没这个胆子，只好自认晦气走人。

这活脱是《世说新语》中的段子，如果夏先生真的是一直过隐居生活，后来我们所熟悉的那些故事，也就不存在了。中国知识分子向往田园，希望过隐居的生活，说来说去，还是因为不得志。说好听一点，是不愿为了五斗米折腰，可是城市生活有时候就是五斗米。现实世界中的隐居生活本来就是不现实的，夏先生在白马湖的时间并不长，没有几年，他再次去了上海，到立达学园教国文，兼教文艺思潮。立达学园是教育救国的又一个例子，代表着当时的一种社会理想，地处还很偏僻的江湾，有一个农场，在此地教学的同样都是些很有名望的人，譬如朱光潜，譬如方光焘和丰子恺，还有马宗融和赵景深等。夏先生虽然没有什么正式文凭，毕竟有些真才实学，加上他是留学生，不仅在立达站住了脚，不久又成了暨南大学的中文系主任。

说来说去，夏先生一生的理想，还是落实在了教育上。“莫做先生”不过是一时的气话，他这一辈子，也只能是做做“先生”。夏先生当系主任的日子并不长，或许觉得面对学生在课堂上讲课，还不如索性编书让学生自己去读更好，他很快就把个人的全部精力，投入到编辑事业中，成了开明书店的编辑主任。有一种说法是担任了编辑所长，反正是编辑工作方面的主要负责人，从此就和开明书店分不开了。可以这么说，没有夏先生，就没有开明书店，更没有什么开明传统。熟悉开明的人都知道，这书店不是什么实力雄厚的大出版社，可是它出版的文学和教育书籍，却非同小可，巴金的代表作《灭亡》《新生》《家》，茅盾的代表作《幻灭》《动摇》《追求》《子夜》，丁玲的《在黑暗中》，王统照的《山雨》，最初都是在开明出版。还有影响广泛的《中学生》《开明少年》杂志，还有钱钟书的《谈艺录》，最难能可贵的，是开明培养了一支认真负责朴实无华，始终能坚守文化教育底线的编辑队伍。

一九四九年以后，开明书店并入了中国青年出版社，五六十年代出版了很多有影响的文学读物，譬如《红岩》《红日》《红旗谱》，还有柳青的《创业史》。部分开明人去了人民教育出版社，成了该社编写教材的中坚力量。不管怎么说，中青社和人教社最能继承开明传统，而传统本身又是由编辑的优秀素质决定。人才就是人才，搁什么地方都可以闪光。

五

父亲生前常和我说夏先生的轶事，一九三七年，十一岁的父亲逃难时路过白马湖，一下子就被夏先生收藏的书籍吸引住了。想不到在偏僻的乡间，竟然会有这么个好地方。父亲和后来的我一样，自从见识了白马湖，从此就对它赞不绝口。

父亲对夏先生的印象，已全然没有了当年的名士风度，说一口浓浓的绍兴话，喜欢抿几口老酒，酒喝得不多，却老是在喝。父亲说夏先生永远是在发愁，进亦忧，退亦忧，抗战前忧心忡忡，抗战胜利了，仍然是忧心忡忡。他显然是个悲观主义者，悲观到连人家生孩子，都会触景生情地唉声叹气，为这孩子未来的生存感到担忧。夏先生的一生是个矛盾体，既寄希望于文化教育，又对现实和未来非常失望。他相信文化教育可以改变人生，又发现世道人情的变化，完全不合自己的本意。“以悲观之人，生衰乱之世”，这是夏先生一生的不幸。晚年的夏先生对什么都不满意，牢骚满腹，这也看不入眼，那也听不入耳，他曾对自己的小女婿我伯父抱怨：

“只有你们老人家，说总会好起来的，到底哪能会好，亦话勿出。”

夏先生的逝世，让很多老朋友感到悲哀。因为正好是抗战胜利不久，大家还没有从喜悦中惊醒过来，大好前程刚刚开始，他竟遽尔作古了。逝世的前一天，夏先生对我祖父说了这样一句话：“胜利！到底啥人的胜利——无从说起！”

作为一名留日学生，夏先生对日本文化有深厚的感情，非常欣赏日本人的文学艺术和生活情趣。他认为中国是打不过日本的，因为他既熟悉中国人，也熟悉日本人。夏先生不好战，但是他有一个坚定的信念，这就是坚决不做亡国奴。“一·二八”事变后，他捡了一块日本空军扔的炸弹碎片供在书桌上，借以表达对侵略者的仇视。日本人来了以后，他不再出门，放弃了最微薄的一份薪水。一九四三年，他曾被日本宪兵司令部捉去，关了一阵才放出来，在此期间，他拒绝用自己擅长的日语回答日本人的审讯。

夏先生就葬在平屋后面的山坡上，在一片翠绿之中，遥望着白马湖。他死后，生前好友组成了夏丏尊先生纪念金委员会，募集了一笔款项，专赠任职十年以上，教学成绩突出，在语文教学上有创见的中学国文教师。“先生泉下有知，必将谓吾道不孤，惠同身受，而受之者亦可以得所慰藉，益加奋勉。”可惜这个奖只发过一次，受奖者是姚韵漪女士，随着当时的通货膨胀，物价飞涨，钱根本就不值钱，奖金因失去意义而无法继续。

据说弘一法师出家，还是因为夏先生的缘故，是夏先生让李叔同接触到了佛学的光辉。夏先生有许多佛教界朋友，他过世以后，几位信佛的朋友坐在他床前，点燃了一支支藏香，不停地念着“南无阿弥陀佛”。夏先生最终是火化的，在当时，只有信佛的人才会这样。对夏先生的评价，有一位叫芝峰法师的出家人说的一段话最为贴切，这段话是法师在点火前说的：

> 夏居士丏尊六十一年来，于生死岸头，虽未显出怎样出格伎俩，但自家一段风光，常跃然在目。竖起撑天脊骨，脚踏实地，本着己灵，刊落浮华，露堂堂地，蓦直行走。贫于身而不谄富，雄于智而不傲物，信仰古佛而不佞

佛，缅怀出世而非厌世，绝去虚伪，全无迂曲。使强暴者失其威，奸贪者有以愧，怯者立，愚者智，不唯风规今日之人世，实默契乎上乘之教法。

2005年11月14日　**南山**

父亲和方之的友谊

方之是父亲的好友，他逝世那天，父亲脸色沉重地从外面回来，对着窗外盛开的两朵月季，默默流眼泪。父亲喜欢用花来比喻方之，说他的笑十分灿烂，像一朵花似的。在方之逝世前的一个多月里，父亲差不多一直在为他的病情奔忙，不仅是父亲，母亲也投入到了这种奔忙之中，为方之找好医院，找好医生。能借助的人际关系都利用了，先是看中医，大家都相信方之疲劳过度，应该很好地调养一下。最后却查出来是肝癌，而且是晚期，记得父亲那段时间心情很郁闷，有一天，他对我说："方之快不行了，你去看看他，不过可别提他的病。"

我的大学离方之的医院不远。面对垂危的方之，我不知说什么好，只是和他的儿子李潮谈笑风生。如今想起来，这种做作的表演实在不怎么高明。我们心情十分压抑，为了向病人隐瞒病情，必须做出若无其事的样子。有气无力的方之不时问我几句，他谈到我写的一篇小说，说你们现在这些年轻人，写的东西都太冷了，一点希望都没有。我狡辩，说存在决定意识，确实没有什么希望，总不能硬编点什么希望出来。李潮在一旁不停打岔，在方之眼里，我和李潮虽然上了大学，仍然是两个没长大的孩子。大约打了止痛针的关系，方之当时并没有表现出多少肉体上的痛苦，他没有力气介入我们的谈话，只好瞪着大眼睛听我们胡说八道。

李潮比我大一岁，因为父辈的关系，我们从小就是好朋友。记得小时候下象棋，我那时候刚学会，根本不是李潮的对手，结果我们玩着玩着，便成了大人的对弈。通常是方之指点我，他的棋艺要比父亲强，所以赢棋的反而常常是我。印象中，方之永远是我们家的常客，动不动就和父亲合作写剧本，一天到晚在一起瞎聊，抽烟，喝茶。我母亲常说，父亲的狐朋狗友希望她最好不在家。一九六三年，母亲拍摄《双珠凤》去了上海，方之索性在我们家住下来赖着不走。保姆于是常抱怨，说这两个大男人日夜颠倒，成天烟雾缭绕，睡觉连脚也不洗。

方之死后，李潮写了一副挽联：

目不瞑志不酬我父血尽探求路

心不摧笔不挫儿郎再唱易水歌

方之逝世的一九七九年，“右派”的人气极旺。全国范围内的“右派”，都在那个时候改正错划。“右派”作家成了“重放的鲜花”，大出风头，以江苏文坛而言，高晓声和陆文夫脱颖而出，声名鹊起，都是连续两届的全国短篇小说奖得主。三十年河东，三十年河西，转眼之间，“右派分子”变成了人物。我认识的一个朋友，是工农兵大学生，记得他在“右派”

改正错划前，曾很生气地对我说：“妈的，这年头，工农兵大学生混得连‘右派’都不如了！”一年以后，又一次见到我，他叹着气解嘲说：“我要有个当‘右派’的爹就好了。”

一九七八年秋天，方之从下放的苏北农村回到南京，听说我考上南京大学，十分激动，说弄到临了，还是我们老“右派”的小孩管用。在同一年，李潮考上了淮阴师范，方之的小儿子韩东考上山东大学，陆文夫的女儿考上了西南政法学院。我忘不了方之表现出来的得意，时隔二十多年，每当我想起他当时的表情，心里就不是滋味。在子女考上大学这件事上，父亲和方之表现出了两种截然不同的心态，方之是狂喜，父亲则是忧心忡忡。录取通知书寄到以后，父亲很沮丧地嘀咕，说文科有什么可读的。

无论是方之的狂喜，还是父亲的担忧，都是“右派”的典型心情，都可以看到“右派分子”内心深处的压抑。当痛苦被重新咀嚼，早已不是原汁原味。我不止一次听父亲说刚打成“右派”时的故事，父亲通常是笑着，轻描淡写。二十多年过去了，无论多么大的痛苦，都可能演变成一种亲切的回忆。在“探求者”中，父亲年龄最大，三十一岁，陆文夫和高晓声二十九岁，方之二十七岁。被打成“右派”以后，父亲和方之相对无言，坐在一张草席上发怔。隔了很长时间，方之突然没头没脑地冒出一句：“你是老大哥，我总归跟你走的。”父亲听到这句话，心里本来就乱，眼泪唰的一下就出来了，于是两人都哭，痛痛快快地哭。

父亲常常自责说他根本不适合做大哥，虽然年龄大一些，事实上一向习惯让别人做主。这个大哥做得于心有愧，父亲从来都不是个有主见的人，年龄和成熟并不成正比。更尴尬的是，父亲当了“右派”，仍然还得靠写作谋生。“探求者”事件以后，父亲和方之被发配到不同的地方，方之新中国成立前就参加了地下党，一些老战友想方设法，替他找到了戴罪立功的机会，写一个歌颂“大跃进”的剧本。方之立刻想到父亲，说我还有一个老哥们，无论如何帮帮忙，把他也调回南京，我们习惯于一起创作。

以难兄难弟来形容父亲和方之的关系再合适不过，后来“右派”出了不小的风头，又改正错划又申冤。父亲与方之之间，有着太多的相濡以沫，他们一起遭殃，一起患难，同辛苦共命运。

父亲说起打“右派”，常举的一个例子，就是莫泊桑的小说《项链》，女主人公玛蒂尔德为了虚荣，向女友借了一串金刚钻项链参加舞会，结果将项链弄丢了，为了赔偿，她经受了长期的痛苦生活，临了却发现不过是一串不值钱的假项链。故事的精华在于，这些痛苦其实是无须经受的，它消耗了人生中最美好的一段时光，来得有些不明不白。父亲看到别人眉飞色舞地吹嘘自己的“右派”经历，便忍不住要摇头。他不明白某些人为什么要睁着眼睛说瞎话，毫无疑问，“右派”中是有几位特别精英的人，他们有理想有抱负，但是大多数“右派”是为了一串假项链，做出了无谓的牺牲。面对如此痛苦的经历，说无怨无悔，实在是太离谱。

漫长的黑暗日子中，他们相依为命，舔着彼此带血的伤口。我想他们会成为好朋友，不仅是因为他们共患难，而且还因为他们可以在对方身上看到自己的影子。这也就是为什么方之逝世之后，父亲会那么伤心，那么情不自禁。父亲总说方之是一朵含苞未放的鲜花，还没来得及绽开，就过早地凋谢了。方之死的时候，只有四十九岁，也就是在他死的那一年，他的小说《内奸》获得了全国短篇小说奖。

父亲和方之之间有着最普通的那种友谊。即使不被一起打成“右派”，他们仍然会成为好朋友。人的一生中，多多少少总会有几位朋友。志同道合是一个原因，共同患难也是一个原因，作为后代，我印象中更深的是他们之间的频繁交往。直到上大学以后，那时候已经粉碎“四人帮”，我才偶然知道方之也是“右派”。小孩子并不懂得什么叫“右派”，也不知道什么叫文学，我只知道方之老是泡在我们家，永远没完没了地说话。用臭味相投来形容最合适，在一起他们感到很自在，无拘无束。作为女主人，母亲常说父亲的朋友中，方之最容易打发，留他吃饭，只要添两个荷包蛋就行了。印象中，方之总是大笑，很放肆地大笑。他仿佛就是我们家庭中的一员，仿佛真是父亲的一个弟弟。大多数时候，方之总是乐呵呵的。

父亲常常要说一些方之的笑话。大热的天，为了写作，方之会异想天开地放一盆冷水，然后坐在冷水里继续写作。不是在卫生间，就在房间里，坐在那种普通的木盆里，弄得地板上都是水。为了写篇一万七千字的小说，他竟然能够打上十七万字的草稿。最可笑的是他的戒烟，手上成天拿着一支香烟，放在鼻子周围闻来闻去，样子极其狼狈。他说只有这样还能忍住不抽，才是真正戒烟成功。父亲为此老挖苦他，有一次，他实在憋不住了，让父亲吸足了一口烟，往他脸上喷，然后，又得意扬扬地夸自己终于挺过来了。可惜的是，眼见着快大功告成，那次戒烟却又以失败告终，导致失败的原因，是他要去我所在的大学作报告。不知道是谁联系的，反正他答应了下来，内心十分紧张。作报告的前一天，他很严肃地拉住我，问现在的大学生想听些什么，如果他说什么什么，大学生会不会愿意接受。父亲不明白他为什么会紧张得坐立不安，在一旁安慰他说："想到什么就说什么，管他们要不要听。"

方之愁眉苦脸地说："这可是给大学生讲课！"

那天的讲座安排在一间不大的教室里，老师先做介绍，方之非常尴尬地坐在下面，抖抖颤颤摸出一包没开封的香烟，看了半天，犹豫着拆封，从中取出一支烟，偷眼巡视周围，然后毅然划着了火柴。方之那天说了些什么，我已经一点印象都没有，唯一能记住的，就是他又开始抽烟了。方之有着很严重的肺气肿，戒烟已是迫不得已。为此，父亲还说了方之一通，他也不争辩，一脸傻笑。身体是革命的本钱，他的本钱实在是弱了一些，父亲陪方之去看病，医生最直截了当的建议，就是立刻戒烟。那医生是我们家的老朋友，私下里对父亲说，方之的肺气肿随时可能引发心脏病。父亲觉得他根本没必要把一次去大学的普通讲座看得那么认真。

那个时候，正在酝酿“右派”改正错划，正式文件尚未下来，“右派”们一个个已经蠢蠢欲动。因为方之的动员督促，父亲去了《雨花》。已经熄灭的文学之火，某种意义上来说，是方之重新为父亲点燃的。在过去的许多年里，父亲的职业是个编剧，一直在编那些可有可无的戏曲剧本。这种无聊的写作状态，极大伤害了父亲的文学梦想，他对重新回到作家队伍已没什么兴趣。同样是经历一九五七年的反右，方之对文学痴心不改，不仅自己继续写，还培养儿子写。对待下一代的态度，父亲和方之的观点截然不同，都觉得对方有些莫名其妙。父亲觉得方之自己苦头没吃够，还要害儿子一起遭殃受罪，方之却觉得父亲非常执着地要把儿子培养成一名好工人的想法不可理喻。

父亲去《雨花》意味着他重新回到敬而远之的文学战线，在这之前，他的脑子里经常盘算的是韵脚，是唱词。方之逝世前，颇有些当年办《探求者》的热烈气氛。二十二年过去了，历史绕了个大圈子，又是改正错划，又是申冤，当年的年轻人，一个个头发都白了，重新聚到一起喝酒，开怀畅饮，再次成为省里以至全国都有些影响的作家。然而好事刚开头，文学的大戏刚拉开序幕，在改正错划后的半年，方之就匆匆地离开了人世。这不能不让父亲感慨万千，这不能不让父亲悲痛欲绝。我从未看过父亲如此淋漓尽致地表达他的感情，号啕大哭，默默流泪，一篇又一篇接着写纪念文章。

“闲夜思君坐到明，追寻往事倍伤情”。转眼之间，又是二十二年过去，父亲过世也快九个年头。每当我回想到父亲和方之的友谊，就心酸，就止不住要落泪，既为他们的友谊感动，又为他们的遭遇痛心。我忍不住会想，如果友谊需要那么大的代价和成本，一定要在“右派”的这口大锅里煮一下，还不如没有更好。忍不住又想，好货不便宜，试玉要烧三日满，辨材须待七年期，经历一场痛苦，交一个好朋友，所谓“人生得一知己足矣”。苦难从来就不是必需的，然而人类常常如此荒唐，如此不近人情，有时候因为缺少苦难，也会附带缺少许多珍贵的东西。

2001年8月20日　河西

回忆高晓声与汪曾祺

林斤澜是父亲的挚友，他不止一次对我说过，江苏作家和浙江作家相比，现代是浙江强，当代是江苏强。现代是祖父那一辈，当代是父亲这一辈。现代作家中，浙江有鲁迅，有茅盾，有郁达夫，有艾青，都是高山仰止的顶级人物，自然无法比拟。到当代作家这一拨，按照林斤澜的看法，江苏有高晓声，有方之，有陆文夫，还有汪曾祺，情况完全不一样。

对新时期最初几年的文学，我始终有些隔膜。作为一名中文系大学生，你没有办法不感觉它活生生地存在，而且一段时间，江苏以及全国的文学精英都在眼前转悠，这些人是父亲的好朋友，在我没有成为作家之前，父辈的名作家见了不计其数。我常常听父辈煮酒论英雄，在微醺状态下指点文坛，许多话私下说着玩玩，上不了台盘。我记得方之生前就喜欢挑全国小说奖得主的刺，口无遮拦，还骂娘。最极端并且留下最深印象的，是高晓声神秘兮兮告诉我，说汪曾祺曾向他表示，当代作家中最厉害的就数他们两个。天下英雄，使君与操，余子谁堪共酒杯。我一直疑心原话不是这样，以汪曾祺的学养，会用更含蓄的话，而且汪骨子里是个狂生，天下第一的名分，未必肯与别人分享。

提起八十年代初期的文学，不提高晓声和汪曾祺这两位不行，他们代表着两种重要的文学现象。八十年代中期，有一次秋宴吃螃蟹，我们全家三口，高晓声与前妻带着儿子，林斤澜夫妇，加上汪曾祺和章品镇，正好一桌。老友相会，其乐融融，都知道汪曾祺能写善画，文房四宝早准备好了，汪的年龄最高，兴致也最高，一边吃一边喝彩，说螃蟹很好非常好，酒酣便捋袖画螃蟹，在众人的喝彩声中，越画越忘形。然后大家签名，推来推去挨个签，最后一个是高晓声的儿子，那时候，他还在上中学，第一次遇到这种场面，有些怯场，高低声对儿子说，写好写坏不要紧，字写大一些用手势比画应该多大，并告诉他具体签在什么位置上。高晓声儿子还是紧张，而且毛笔也太难控制，那字的尺寸就大大缩了水，签的名比谁的字都小，高因此勃然大怒，取了一支大号的斗笔，蘸满墨，在已经完成的画上扫了一笔。

大家都很吃惊，好端端一幅画被活生生糟蹋了，记得我母亲当时很生气，说老高你怎么可以这样无礼。汪曾祺也有些扫兴，脸上毫无表情。事后，林斤澜夫妇百思不解，问我为什么会这样。我说可能是高晓声对儿子的期望值太高了，他忍受不了儿子的示弱。按说在场的人，朋友一辈的年龄都比高晓声大，只有我和他儿子两个小辈，高晓声实在没必要这么心高气傲，再说签名也可以裁去，何至于如此大煞风景。

第一次见到高晓声，是考上大学那年，他突然出现在我家。高晓声和父亲是老朋友，与方之、陆文夫都是难兄难弟，一九五七年因为《探求者》被打成“右派”，一晃二十年没见过面。乡音未改，鬓毛已衰，土得让人没法形容，农民什么样子，他就是什么样子，而且是七十年代的农民形象。那时候“右派”还没有改正错划，已粉碎了“四人帮”，刚开完三中全会，“右派”们一个个蠢蠢欲动，开始翘起狐狸尾巴。这是个日新月异的时代，高晓声形迹可疑地转悠了一圈，人便没有踪影，很快又出现，已拿着两篇手稿，是《李顺大造屋》和《漏斗户主》。

高晓声开始给人的印象并不心高气傲，他很虚心，虚心请老朋友指教，也请小辈提意见。我们当时正在忙一本民间刊物《人间》，对他的小说没太大兴趣。最叫好的是父亲，读了十分激动，津津乐道，说自己去《雨花》当副主编，手头有《李顺大造屋》和方之的《南丰二苗》，就跟揣了两颗手榴弹上战场一样。《李顺大造屋》打响了，获得全国短篇小说奖，这是后话，我记得陆文夫看手稿，说小说很好，不过有些啰唆。话是在吃饭桌上说的，大家手里还端着酒杯，高晓声追着问什么地方啰唆了，陆文夫也不客气，让我拿笔拿稿子来，就在手稿中间删了一段，高当时脸上有些挂不住。我印象中，文章发表时，那一段确实是删了。

八十年代初期的文学热，和现在不一样，不谈发行量，不谈钱。印象中，一些很糟糕的小说，大家都在谈论，满世界都是“伤痕”，都是“问题”，作家一个个像诉苦申冤的弃妇。主题大同小异，不是公子落难，就是才子见弃，幸好有“帮夫”的红颜知己出来相助，以身相许，然后选个悲剧结局悄然引退。公式化概念化的痕迹随处可见，文学成了发泄个人情感的公器，而且还是终南捷径，一篇小说只要得全国奖，户口问题、工作问题包括爱情问题，立马都能解决。当时有个特殊现象，无名作家作品一旦被《小说月报》转载，就会轰动。我认识一位老翻译家，五十岁出头，译过许多世界名著，国外邀请他讲学，介绍中国当代文学。偏偏他对当代创作一点不了解，那年头出国不容易，可怜他搞了一辈子外国文学，却没有迈出过国门一步，便随手揣一摞《小说月报》匆匆上飞机。这些《小说月报》还是我堂哥三午送的，并不全，逮着一本算一本。

高晓声显然也是沾了文学热的光，他回忆成功经验，认为自己抓住了农民最关心的问题。对于农民来说，重要的只有两件事，一是有地方住，二是能吃饱，所以他最初的两篇小说，《李顺大造屋》是盖房子，《漏斗户主》是讲一个人永远也吃不饱。一段时间内，高晓声很乐意成为农民的代言人，记得他不止一次感慨，说我们家那台二十寸的日立彩电，相当于农民盖三间房子。父亲并不知道农村盖房子究竟要多少钱，不过当时一台彩电的价格，差不多是一个普通工人十年工资，因此也有些惶恐，怀疑自己过日子是否太奢侈。高晓声经常来蹭饭，高谈阔论，我们家保姆总在背后抱怨，嫌他不干净，嫌他把烟灰弹得到处都是。一来就要喝酒，一喝酒就要添菜，我常常提着饭夹去馆子炒菜，去小店买烟买酒。高晓声很快红了，红得发紫，红得连保姆也不相信，一个如此灰头土脸的人，怎么突然成了人物。

高晓声提起农民的生存状态就有些生气，觉得国家对不起农民。他自己作报告的时候，农民的苦难是重要话题。也许是从近处观察的缘故，我在一开始就注意到，高晓声反复提到农民的时候，并不愿意别人把他当作农民。他可能会自称农民作家，但是，我可以肯定，他并不真心喜欢别人称他为农民作家。农民代言人自有代言人的拖累，有一次，在常州的一家宾馆，晚上突然冒出来一个青年，愣头愣脑地非要和高晓声谈文学。高晓声刚喝过酒，满脸通红，头脑却还清醒，说你不要逼我好不好，我今天有朋友在，是大老远从外地来的，有什么话以后再说行不行。那青年顿时生气了，说你看不起我们农民，你还口口声声说自己是农民，你现在根本不是农民了。高晓声像哄小孩一样哄他，甚至上前搂他，想安慰他，但是那年轻人很愤怒，甩手而去。高晓声为此感到很失落，他对在一旁感到吃惊的我叹了口恶气，说了一句很不好听的话。我知道对有些人，高晓声一直保持着克制态度，他不想伤害他们，但是心里明白，在广大的农村，很有这样一些人，把文学当作改变境遇的跳板，他们以高晓声的成功为样板，为追求目标，谈到文学，不是热爱，而是要利用。我知道高晓声内心深处，根本就不喜欢这些人。

这样的人，当然不仅农村才有，也不仅过去才有。仔细琢磨高晓声的小说，不难发现，他作品中为农民说的好话，远不如说农民的坏话多。农民的代言人开始拆自己的台，从陈奂生开始，农民成了讥笑对象。当然，这农民是打了引号的，因为农民其实就是人民，就是我们自己。中国知识阶级总处于尴尬之中，在对农民的态度上，嘴上说与实际做，明显是两种不同的思维定式。换句话说，我们始终态度暧昧，一方面，农民被充分理想化了，缺点被视而不见，农民的淳朴被当作讴歌对象，另一方面，又把农民魔鬼化了，谁也不愿意去当农民。结果人生所做的一切努力，好像都是为了实现不再做农民这个理想，甚至为农民说话，也难免项庄起舞，意在沛公。

父亲一直遗憾没有以最快速度，将汪曾祺的《异秉》发表在《雨花》上。记得当时不断听到父亲和高晓声议论，说这篇小说写得如何好。未能即时发表的原因很复杂，结果汪另一篇小说《受戒》在《北京文学》上抢了先手。从写作时间看，《异秉》在前，《受戒》在后。以发表时间而论，《受戒》在前，《异秉》在后。

汪曾祺后来大受欢迎，和伤痕文学、问题小说“倒胃口”有关。当时，除了汪的《异秉》，还有北岛的《旋律》，这些小说是我交给父亲的，他看了觉得不错，也想发表在《雨花》杂志上。根据行情，这些小说并不适合作为重点推出。大家更习惯所谓思想性，编刊物的人已感到需要新鲜的东西来冲击一下，但是这仍然需要时间。对八十年代初期文学有兴趣的人，不妨去翻翻当时的刊物目录。那时候，汪曾祺的小说、林斤澜的小说显然不适合作头条文章。这两个人后来都获得全国短篇小说奖，只要看获奖名单的排名，就知道不过是个陪衬。我记得有人说过，汪曾祺和林斤澜只是副榜，有名气的作家早拿过好几次了，既然大家私下里叫好，就让他们也轮到一次。

和高晓声迅速走红不同，汪曾祺的小说有个明显的慢热过程。高晓声连续获得两届全国奖，而且排名很靠前，一举成名天下知。汪曾祺却是先折服了作家同行，在圈子里获得越来越多的认同叫好，然后稳扎稳打，逐渐大红大紫。客观地说，在八十年代初期，高晓声名气大，到八十年代中后期，汪曾祺声望高。这两个人在八十年代不期相遇，难免棋逢对手，英雄相惜。高晓声一度对汪的评价极高，在我的印象中，绝对是汪成名之前，有一次高晓声甚至对我说，汪的小说代表了国际水平。正是因为他强烈推荐，《异秉》还是在手稿期间，我就看了好几遍。

高晓声一直得意《陈奂生转业》中的一个细节，小说中县委书记问寒问暖，把自己的帽子送给了陈奂生，说帽子太大，他戴着把眼睛都遮住了。这顶帽子显然有乌纱帽的意思，县太爷戴着嫌大，放在农民的头上却正好。熟悉高的都知道，他有“阴世的秀才”之美称，是个促狭鬼。“陈奂生”是高晓声笔下的一个重要人物，出现在多篇小说中，要比李顺大更有血有肉，而“帽子”恰恰是塑造这个人物的重要道具。在一开始，陈奂生有顶帽子叫“漏斗户主”，这是他的绰号，然后日子好起来，手里有了些闲钱，便想到进城买顶“帽子”，因此演绎了“进城”故事，再获全国小说奖，然后不安分地“转业”，竟然要做生意了，莽莽撞撞走县委书记的门路，居然堂而皇之地戴上了县太爷的“帽子”。高晓声经常在这种小聪明上下工夫，也就是说经常嵌些小骨头。我觉得汪曾祺对高晓声的赞许，也在这一点上，他说高有时候喜欢用方言，自说自话，不管别人懂不懂，不管别人能不能看下去。汪的意思是他反正明白，知道高小说中藏有骨头，那骨头就是所谓促狭。

曾经有两次，和汪曾祺谈得好好的，突然就中止了。我一直引以为憾，后悔自己没有找机会，把没说完的话谈透。一次是九十年代，父亲已经过世，他来南京开会，在夫子庙状元楼的电梯里，很认真地对我说：“你父亲的散文，我都看了，很干净，没有一个多余的字……”因为是会议开幕前夕，他刚说完，电梯已到达，门外有人在招呼我们。汪曾祺意犹未尽，被一个小姐带走了。我很遗憾话刚开始就中断，匆匆开始，又匆匆结束。我知道后面还有话要说，他的表情很严肃，并不像一般的敷衍。作为长辈，他很可能要借父亲那本薄薄的散文集说些什么。也许他觉得父亲不应该写那么少，也许他觉得我写得太多了，总之，提到父亲的时候，他眼睛里充满了悲哀。

还有一次是八十年代的扬州街头，当时父亲也在场，还有上海的黄裳先生，我们一起吃早餐，站在一家小铺子前等候三丁包子。别人都坐了下来，只有我和汪曾祺站在热气腾腾的蒸笼屉子前等候。我突然谈起了自己对他小说的看法，说别人都说他的小说像沈从文，可是我读着，更能读出废名小说的味道。他听了我的话，颇有些吃惊，含糊其词地哼了一声，然后就沉默了，脸上明显有些不高兴。我当时年轻气盛，刚走出大学校门，虽然意识到他不高兴了，仍然具体地比较着废名和沈从文的异同，说沈从文的句式像《水经注》，而废名却有些像明朝的竟陵派，然后捉贼追赃，进一步地说出汪曾祺如何像废名。蒸笼屉子里的三丁包子迟迟不出来，我口无遮拦地继续说着，说着说着，汪曾祺终于开口了："你说的也有一定道理，然而——"他显然已想好该怎么对我说，偏偏这时候，三丁包子好了，他刚要长篇大论，我们交牌子的交牌子，拿三丁包的拿三丁包，话题就此再也没有继续。

我自己也成为作家以后，才知道汪曾祺当时为什么不高兴。一个作家未必愿意别人说他像谁，像并不是个好的赞美词，作家永远独一无二的好。汪曾祺喜欢说他与沈从文的关系，西南联大时期，汪是沈从文的学生，在写作上曾接受过指导。八十年代也是沈从文热兴起的时候，沈门嫡传是一块金字招牌，汪曾祺心气很高，显然不屑于以此作为自己的包装材料。平心而论，汪小说中努力想摆脱的，恰恰是老师沈从文的某种影响。在语言上，汪曾祺显得更精致，更峭拔，更险峻，更喜欢使才，这种趋向毫无疑问地接近了废名。"为人性僻耽佳句，语不惊人死不休"，鲁迅先生谈起废名时，曾说他有一种"着意低徊，顾影自怜"的情结，汪曾祺也提到过废名的这种自恋，而且是以一种批评态度。废名的名声远不及沈从文，汪谈到一些文学现象，为了让读者更容易明白，在习惯上，提到更多的还是沈从文，因为熟悉程度上来看，毕竟自己老师更近一点。事实上，说他像沈从文听了都不一定高兴，说他像不如沈从文的废名，当然更不高兴。

高晓声成名后，闹过很多笑话，譬如用小车去买煤球，结果撞了一个老太太。他赔了几十元钱，为此很有些怨言，我笑他自找，煤和霉同音，在八十年代初，很大的官才有小车坐，如此奢侈，报应也在情理之中。那时候，北岛在《新观察》做编辑，有一次来南京找高晓声组稿，用开玩笑的口气问我，听说高写了一篇海明威式的小说，是不是真有其事。我告诉北岛，高不止写了一篇这样的小说，而是断断续续写了一批，《鱼钓》《山中》《钱包》，以及后来的《飞磨》，所谓“海明威式的”说法并不准确，应该说是带一些现代派意味。

高晓声一度很喜欢与我聊天，觉得我最能懂他的话，最能明白他的思想，而且愿意听他唠叨。一九八四年年初，江南下了一场罕见的大雪，我们去了江阴，躲在一家宾馆里，足足聊了两天两夜。电网遭到破坏，结果我们用掉了许多红蜡烛。秉烛夜谈的情景让人难忘，那时候，已经五十好几的高正陷入一场意外的爱情之中，谈到忘形之际，竟然很矫情地对我说，现在他最喜欢两个研究生，一个是我，另一个当然是与爱情有关了。那是我印象中，高晓声心态最年轻的时候。

忘不了的一个话题，是高晓声一直认为自己即使不写小说，仍然会非常出色。毫无疑问，高晓声是个绝顶聪明的人，如果认真研究他的小说，不难发现埋藏在小说中的智慧。机会属于有准备的人，从一九五七年被打成“右派”，到二十年后复出文坛，他从来没有放弃努力。在“探求者”诸人中，高晓声的学历最高，字也写得最好。他曾在上海的某个大学学过经济，对生物情有独钟，虽然历经艰辛，自信心从来没有打过折扣。落难期间，他研制过“九二〇”，并且大获成功，这玩意究竟是农药，还是生物化肥，我至今仍然不明白。高晓声培育过黑木耳和白木耳，据说有很多独到之处，经他指导的几个人后来都发了大财。

我不知道高晓声有没有对别人表达过这种观点，那就是文学虽然给他带来了巨大荣誉，可是他一直相信，自己如果不写小说可能会更好。在八十年代，随着改革大潮的深入，他似乎看到了更多的发财机会，然而，他的年纪和已经获得的文学功名，已经不允许他再去冒险。在很多人的印象中，高晓声只是一个写农民的乡土作家，是个土老帽，可是大家并不知道，他身上充分集中了苏南人的精明，正是利用这种精明，他轻易敲开了文坛紧闭的大门。关于高晓声的成功秘诀，总能听到两个简单化的推论，那就是他被打成了“右派”，是苦难成全了他，另外，他熟悉农民，因为熟悉，所以就能写好。

很显然，高晓声不会真心赞同这种简单观点。某种特定的场合，他或许会这么说，然而只是权宜之计，是蒙那些玩文学评论的书呆子，他知道这绝不是事情的真相。同时具备两个条件的大有人在，为什么偏偏高晓声出人头地。写作作为一种专业，自然应该有它的独特性。首先，是写作这种最具体的劳动行为，让作家成为作家。作家如果不写，就什么都不是，千万不要避重就轻，颠倒黑白。在被打成“右派”以前，高晓声就已经是个作家了，因此真实的答案，是一九五七年反右剥夺了一个作家的写作权利，不只是剥夺了高晓声，而且凋零了后来那一大批“重放的鲜花”。事实上，新时期文学的初级阶段，真正活跃在文坛上的，还是那些“文革”后期的笔杆子，这些人中既有初出茅庐的新手，也有重现江湖的旧人。时过境迁，那些充满时代痕迹的文字，都是很好的文学史料，譬如方之，早在七十年代初期，就孜孜不倦地写过一部关于赤脚医生的小说《神草》。

把写作形容为一种手艺似乎有些不大恭敬，然而它确实是真相的一部分。通常认为粉碎“四人帮”前后的小说泾渭分明，是完全不同质的文学现象，却很少有人去注意它们的一脉相承。其实“文革”腔调并不是一刀就能斩断，在前期那些伤痕文学、问题小说中，“文革”遗韵历历可数随处能见。高晓声的精明之处，在于他一眼就看透了把戏。换句话说，在一开始，文学并不是什么文学，或者不仅仅是文学。文学轰动往往是因为附加了别的东西，高晓声反复强调自己最关心农民的生存状态，关心农民的房子，关心农民能否吃饱，这种关心建立在一种信念之上，就是文学作为一种工具，可以用来做一些事情，人们仍然相信通过小说能改变民间的疾苦。

成也萧何，败也萧何。高晓声身上贴着农民作家的标签，俨然是农民利益的代言人，但是他早就在思索究竟什么是文学这个问题。连续两次获得全国短篇小说奖，在当时是非常骄人的成就，面对摄像镜头的采访，在回答为什么要写作的提问时，高晓声嘿嘿笑了两声，带着很严重的常州腔说：“写小说是很好玩的事。”那时候电视采访还很新鲜，我母亲看了电视，既吃惊，又有些生气，说高晓声怎么可以这么说话。十年以后，王朔提到了“玩文学”这样的字眼，正义人士群起围剿，很多人像我母亲一样吃惊和生气。高晓声可不是个油腔滑调的人，他知道如何面对大众，绝不会用一句并非发自心腑的话来哗众取宠。

恰好我手头还保留着一九八〇年的日记，在十二月六日这天，记录我和高晓声的谈话：

> “我后悔一件事，《钱包》《山中》《鱼钓》这三篇没有一篇能得奖。”
>
> “是呵，《陈奂生》影响太大了，”我说，“我看见学校的同学在写评选单的时候，都写它。”
>
> “唉，可惜。”他叹气。
>
> “陈影响比较大。”
>
> “是的，陈是雅俗共赏的，大家都接受。”
>
> “但愿上面（评奖组）会换一下。”
>
> “不会的。”

如果不是记录在案，真不敢相信当时会有这样的文字，而且是小说体。有一点我永远也忘不了，这就是高晓声对自己的这些现代派小说自视甚高，在十二月十四日的日记中，有这么一段记录他的话：

“《山中》是我最花气力的一篇小说，一个字，一段，都不是随便写出来的。”

我告诉他，《山中》以及同类题材三篇反应不好，有人看不懂。

他只是抽烟，临了，拧灭：“一句话，我搞艺术，不是搞群众运动。”

……

“我的作品，要是有个权威出来说话，就好了。”

我说：“光权威还不足，有更厉害的。”

“谁？”

“洋鬼子。”

他笑了。

“真的，你不要笑。现在最怕的就是洋鬼子，假如有个外国人站出来，说高晓声的作品如何，再和一个什么时髦的流派不谋而合。于是，你就要轰动了。”

他信服地点点头。

“像把《钱包》翻译出去，就是件好事。”

“对的，外国人他们是识货的。”

“当然，不能光译文，最好是那些精通汉文的文学家，他们对中国社会了解，感受深，感觉也准确。”

“就是呀，要不然，我的语言他们理解不了。”

那个时候，和高晓声之间有很多这样的对话，我只是觉得好玩，随手记了下来。当然有些属于隐私，不便公布。我不过想说明一点，当高晓声被评论界封为农民代言人的时候，身为农民作家的他想得更多的其实是艺术问题。小说艺术有它的自身特点，有它的发展规律，高晓声的绝顶聪明，在于完全明白群众运动会给作家带来好处，而且理所当然享受了这种好处。但是，小说艺术不等于群众运动。在当时，高晓声是不多的几位真正强调艺术的作家之一，他的种种探索，一开始处于被忽视的地位，即使在今天提起的人也不多。我们谈起大陆的现代派运动，往往愿意偷懒，一步到位，从八十年代中期开始说起，张口就是新潮小说或者先锋小说。其实早在八十年代初期，有思想的作家就蠢蠢欲动，值得指出的是，大陆的现代派最初更热衷的是形式，这集中体现在那些尚未成名的青年作家身上，中年作家通常不屑这些时髦玩意，王蒙小说中有些意识流已难能可贵，像高晓声那样在小说中描写人的普遍处境，极力在内容上下工夫，用北岛的话来说写出了“海明威式”的小说的，简直就是凤毛麟角。

对汪曾祺的叫好，充分反映了文坛的一种期待。高晓声动用了“国际水平”这样的大词，说明他在汪的小说中，看到了自己等待已久的东西。如果说，高晓声还在试图寻找艺术，还在琢磨如何做好艺术这道大菜，汪曾祺横空出世，很随意地将美味佳肴端到了读者面前。

汪曾祺的小说，很像一场不流血的革命。悄悄地来了，悄悄地有些反响。它不像意识流小说那么时髦，那么张扬，那么自以为是。新时期初期小说中的现代派，更多的是外在，表面上做文章，不加标点符号，冒冒失失来上一大段，然后便宣称已把意识像水的那种感觉写出来了。意识流更像是一场矫情做作的形式革命，根本到达不了文学的心灵深处，在一开始就老掉牙，它的特殊意义，不过是往保守的传统叙述方式中，扔了几颗手榴弹。

如果汪曾祺的小说一下子就火爆起来，结局完全会是另外一种模样。具有逆反心理的年轻人，不会轻易将一个年龄已不小的老作家引以为同志。好在一段时间里，汪曾祺并不属于主流文学，他显然是个另类，是个荡漾着青春气息的老顽童，虽然和年轻人的方式完全不一样，然而在不屑主流这一点上产生共鸣。文坛非常世故，一方面，它保守，霸道，排斥异己，甚至庸俗，另一方面，它也会见风使舵，随机应变，经常吸收一些新鲜血液，通过招安和改编重塑自己形象。毫无疑问，汪曾祺很快得到了年轻人的喜爱，而且这种喜爱可以用热爱来形容。在八十年代中后期，他的声名与日俱增，地位越来越高，远远超过了高晓声。

一九八六年暮春，我的研究生论文已经做完，百无聊赖。一个偶然契机，为一家出版社去北京组稿，出版社的领导相信，我的特殊身份会比别人更容易得到名家稿件。这颇有些像今天的学生打工，当时并没有任何报酬，只是报销了差旅费。我第一次到北京不住在自己家，因为还有一个研究生同学与我同行，而且几乎整天骑自行车在外面跑。通过分配在北京的大学本科同学，我们住在外交部招待所，之所以要提一句，是因为它前身是著名的六国饭店，虽然破烂不堪，一个房间住六个人，但当年的豪华气派隐约还在。短短的几天里，收获颇丰，我们走马观花，接连拜见了许多名家，其中就包括汪曾祺。

从六国饭店去拜见汪曾祺，仅仅从字面上看，仿佛在说一个民国年间的古老故事。事实上，当时的商业大潮已如火如荼，北京已开始像个大工地。我们骑着两辆又破又旧的自行车，风尘仆仆到了蒲黄榆路，见了汪曾祺以后，称呼什么已记不清，对于父辈的人，我一向伯伯叔叔乱叫。事先林斤澜已打过招呼，汪曾祺知道我们要去，因此没有任何意外，只是问我们从哪里来，怎么来的，问父亲的情况，问祖父的情况。我们冒冒失失地组稿，胡乱约稿，长篇短篇散文，什么都要。汪笑着说他写不了长篇，然后就闲扯起来。

那一年我已经快三十岁，做过四年工人，读了七年大学，当过一年大学教师，社会经验严重不足。我只是一个业余的编辑，初出茅庐，对文坛充满好奇。汪曾祺住在一套很普通的房子里，不大，简陋，记忆最深的是卫生间，没有热水器，只有一个土制的吸热式淋浴器，这玩意现在根本见不到。很难想象自己心目中的一个优秀作家，就生活在这样的环境里，房子仍然还有几成新，说明在这之前的居住环境可能更糟糕。我记得林斤澜几次说过，汪曾祺为人很有名士气，名士气的另一种说法，就是不随和。我伯父也谈过对汪的印象，说他这人有些让人捉摸不透，某些应该敷衍应酬的场合，坚决不敷衍应酬，关键的时候会一声不吭。说老实话，我的这位伯父也不是个随和的人，他眼里的汪曾祺竟然这样，很能说明问题。

在父辈作家中，汪曾祺是最有仙气的一个人。他的才华出众，很少能有与之匹敌的对手。父亲在同龄人中也算出类拔萃，但是因为比汪小六岁，文化积累就完全不一样。虽然都被打成“右派”，虽然都长期在剧团里从事编剧工作，汪的水平要高出许多。很重要的一个原因，是汪在抗战前，基本完成了中学教育，而父亲刚刚读完小学。童子功不一样，结果也就不一样。和汪曾祺接触过的人，应该都有这样的体会，那就是他确实有本钱做名士。名士通常是学不来的，没有才气而冒充名士，充其量也就是领导干部混个博士学位，或者假洋鬼子出国留一趟学。汪曾祺和高晓声有一个共同点，都是大器晚成。苦心修炼而得道，不鸣则已，一鸣惊人。高晓声出山的时候，已经五十岁，汪曾祺更晚，差不多快六十岁。

在我的印象中，并没有见到多少汪曾祺的不随和。只有一次，参观一个水利枢纽展览，一位领导同志亲自主讲，天花乱坠地作起报告来，从头到尾，汪曾祺都没有正眼瞧那人一眼。这给我留下了非常深刻的印象，以后遇到类似的场合，忍不住便想模仿。我们已经习惯忍受毫无内容的报告，习惯了空洞，习惯了大话，习惯了不是人话。仅仅一次亲眼看见已经足够了，窥一斑而知全豹，这正是我在现实生活中所期待的，而在此前，文人的名士气通常只能在书本上见到，我成长的那个年代里，文人总是夹着尾巴做人，清高被看成一个很不好的词，其实，文人不清高还做什么文人。

还有一次是在林斤澜家，父亲去北京，要看望老朋友，一定会有他。那次是林斤澜做东，让我们父子过去喝酒，附带也把汪曾祺喊去了。林和汪的交情非同一般，只有他才能让汪随喊随到。开了一瓶好酒，准备了各色下酒菜，在客厅的大茶几上摆开阵势，我年龄最轻，却最不能喝，汪因此笑我有辱家风。这时候已是一九八九年的秋天，汪曾祺自己的酒量也不怎么行了，父亲也不能喝，真正豪饮的只有林斤澜。我吃不准这是不是父亲最后一次与林与汪在一起，好像就是，因为自从前一年祖父过世，这是父亲最后一次去北京。这样的聚会实在太值得纪念，记得那天说了许多之前发生的事情，汪和林都有些激动，有些感叹，也有些愤怒。后来话题才转开，印象中的汪曾祺，不仅有名士气，而且是非分明，感情饱满。

记忆中，更多的是汪曾祺的随和。那一年在扬州，我作为具体办事人，竟然安排他住了一间没有卫生间的房间。这种疏忽如今说起来，真是不应该原谅，应该狠狠地打屁股。让已经高龄的汪半夜三更起来上公共厕所，只有我这种刚出大学门的书呆子才能做出来，事实上，我根本就没想到上厕所的问题。当时完全是为了搞情调，好端端的酒店不去住，却住到了小盘谷公园，这里风景如画，于是便忽视了它的设施太落后。这是我一直后悔的一件事，虽然汪从来没有过怨言，而且夸奖我比他年轻时办事能力强，但是我不得不承认自己确实不像话。说起来真惭愧，当时我身上带着一笔公款，因为稀里糊涂，这笔公款竟然几次差点丢掉，一次丢在包租的面包车上，还有一次更悬乎，人都上了去镇江的渡轮，突然想到搁钱的黑皮包还丢在参观的地方。

我的糊涂一定也给汪留下了印象，到后来，每次出发转移，他都笑着问我，钱是否带着或保管好了。我父亲已是有名的糊涂人，事实证明他的公子更糟糕。那时候，还没有一百元的钞票，也不过是几千块钱，害得我成天丢魂落魄。前后大约有半个月，江南江北访古寻幽，就我一个莽撞的年轻人，冒冒失失地领着几位老先生东奔西跑，这种荒唐事今天想起来根本就不可能发生。除了应该到的名胜之外，我们还去了一些很容易被忽视的地点，在扬州，去隋炀帝陵，在常州，去黄仲则的两当轩，参观一间东倒西歪旧房子，去赵翼故居，拜谒一个破败的楠木大厅，还去了正在筹备的恽南田故居，汪在那写诗作画，泼墨挥毫技惊四座。

高晓声和汪曾祺都是我敬重的前辈，是我文学上的引路人。八十年代的大多数时间，我在大学里苦读，不断地写些东西，对自己的未来一直没什么明确目的。是高晓声和汪曾祺这样的作家，活生生地影响了我，让我跃跃欲试，但是也正是他们，让我对是否应该去当作家产生怀疑。按照我的看法，高和汪能成为优秀作家，都是因为具备了特殊素质，他们都是有异秉的人，高晓声绝顶聪明，汪曾祺才华横溢，而我恰恰在这两方面都严重不足。

我忘不了高晓声告诉的一些小经验，他告诫我写文章，千万不能走气，说废话没有关系，但是不要一路走题，写文章是用气筒打气，要不停地加压，走题仿佛轮胎上戳了些小孔，这样的文章看上去永远瘪塌塌的，没有一点精神，而文章与人一样，靠的就是精神。高晓声还教会我如何面对寂寞，很长时间，我陷入深深的苦闷之中，写的小说一篇也发表不了，他却认为这是好事，说你只要能够坚持，一旦成功，抽屉里的积稿便会一抢而空。对于小说应该怎么写，高晓声对我的指导，甚至比父亲的教诲还多。同样，虽然没有接受过汪曾祺的具体辅导，但汪文字中洋溢的那种特殊才华，那种惊世骇俗的奇异之气，一度成为我刻意的学习样板。我对汪曾祺的文体走火入魔，曾经仔细揣摩，反复钻研，作为他的私淑弟子，我至今仍然认为《异秉》是汪曾祺最好的小说。

毫无疑问，这是两位应该入史的重量级人物。评价他们的文学地位，不是我能做的事情，是非自有公论。我不过坐井观天，胡乱说说高晓声的聪明和汪曾祺的才华。进入九十年代，我一直在想，为什么我敬重的这两位作家，都不约而同越写越少。很显然，写作这工作，在高和汪看来，都不是什么难事。高晓声不止一次告诉我，事实上，他一年只要写两三个月就足够了。对于高晓声来说，写什么和怎么写，他都能比别人先一步想到。他毕竟太聪明了，料事如神，似乎早就预料到文学热会来，也会很快地过去，在热烈的时候，他是弄潮儿，在冷下去的时候，他便成了旁观者。在七十年代末八十年代初，高晓声每年写一本书，到八十年代和九十年代，几年也完成不了一部作品。

年龄显然是个很好的借口，然而肯定不是唯一的托词。这两个人出山的时候，年龄都已经不小了。有时候，我会自以为是，不知天高地厚地做假设，会不会物极必反，这两个人的聪明和才华，最后不幸都成了反动的东西。譬如高晓声，他敏锐地意识到，既然是搞文学，就要把它当作艺术来搞，就要有探索，有试验，然而这种探索和试验，由于脱离群众，注定是不会被叫好的，对于一个成名的作家来说，不被叫好将是一件很难忍受的事情。高的聪明是不是表现在他清醒地意识到，既然不被叫好，还写它干什么。因为聪明，所以看透了文学的把戏。在高的晚年，已经看不到什么写作激情，而在汪曾祺后来的文章中，同样也看不到激情，汪刚出山时的那种喷薄之势，那种拔剑四顾无对手的气概，说没有就没有了。

有时候，过分的尊敬是否也会成为一种伤害。我们给知识分子的似乎只有两种选择，不是捧上天堂，就是打入地狱。进入八十年代，作家地位有个短暂而急剧的上升过程，因为上升太快，后来的作家便会有些不服气的委屈。从一个小细节上也可以看到这种变化。譬如父亲最初称呼汪曾祺，一直叫他老汪，然而到后来，不知不觉地便改口了，改成了“汪老”。我记得邵燕祥在文章中好像也提到过，他也是不明白自己怎么就改了称呼。毫无疑问，这里面很大的原因是出于尊重。我想汪曾祺自己未必会喜欢这样，他可能会觉得很意外，觉得生分，当然也可能根本就没有意识到。然而，即使是没有意识到的问题，仍然会成为问题。在后来的写作中，汪曾祺似乎总是有太多的才华要表现，表现才华最后演变为挥霍才华，结果才华仅仅也就是才华，既是手段，又是目的。

举个不恰当的例子，新时期文学开始阶段，文学质量虽然粗糙，却很像历史上的初唐，是个生机勃勃的时代，孕育着大量机会。高晓声和汪曾祺能够复出文坛，叱咤风云，显然与时代有关，早不行，晚也不行。高晓声曾经特别喜欢重复一个段子，说有四个人要过河，被摆渡人蛮横地拦住了，要他们拿出自己最宝贵的东西来，否则就留下来。四个人分别是有钱人，大力士，做官的，作家。有钱的用钱开路，大力士亮了亮拳头，做官的说我给你换个更舒服的工作，作家无计可施，便说我唱首歌吧。唱完了，摆渡人说你的歌难听死了，还不如做官的说得好听，于是把他扔在了河边。天渐渐黑了，作家又冷又饿，想到家中的妻儿，不禁仰天长叹，说自己平生又没有作过孽，为什么没有路可以走。这一声长叹让摆渡人听见了，说这才是你最宝贵的东西，比刚才唱得好听，我送你过河吧。高晓声想说的是，作家就应该有这种发自内心的感叹，而且他进一步发挥这个故事，说摆渡人在做官的照顾下，改行了，作家便当起了摆渡人，因为他突然明白自己的工作性质和摆渡人是一样的。

高晓声在晚年根本不愿意对我谈起什么写作。他已经变得不屑与我说这些。他的心思都用到别的事情上，像候鸟一样飞来飞去。作为小辈，对他的私事我不应该多说，只是感叹他晚年的生活太不安定，安定又是一个作家所必需的。作家通过写作思考，不写作，就谈不上思考。有一天，他突然出现在我面前，说今天在你这吃饭，有什么吃什么。那时候父亲已经过世了，他好像真的只是来吃饭，喝了些酒，夸我妻子烧的菜好吃，尤其喜欢新上市的蚕豆。我们没有谈文学，没有谈父亲，甚至都没有谈自己，谈了些什么，我根本记不清楚。妻子连忙又去菜场，专门烧了一大碗蚕豆让他带走。他就这么匆匆来，匆匆去，机关的车送他来，然后又是机关的车送他去。晚年的高晓声可以有很多话题，他开始练书法，练自己发明的气功，不断地有些爱情故事，可惜都与文学没什么关系。

我一直不明白的是，好端端一个中国当代文坛，为什么很快从初唐，进入了暮气沉沉的晚唐，没有盛唐，甚至没有中唐。从王杨卢骆的欣欣向荣，一下子到了李商隐和杜牧的年代，这种太快的过渡，让人匪夷所思，让人目瞪口呆。我忘不了汪曾祺讲述的“文革”中被接见的故事。他叙述的时候，先是平静，继而苦笑，最后忍不住感叹。这是他一生最戏剧性的一幕，后来，他用典型的汪氏简洁文笔，将这段故事写下来寄给我，如果说我不长的编辑生涯中，还编过一些好稿子，这篇文章应该名列榜首。二〇〇〇年初冬，汪曾祺的老家为他为纪念馆征集留言，我写了几句话：

汪先生的才华举世公认，即使“文革”那样的背景，也出类拔萃。假如没有被打成“右派”，没有“文化大革命”，没有政治运动，汪先生一定会取得更大成就。好在历史终于给他最后机会，汪先生丰富了新时期文学影响了一代作家。求仁得仁，这是人间的第一等快事。功遂身谢，名出实美，汪先生仰首伸眉，笑傲文坛顾盼自雄。

写了这段文字以后，我知道自己以后一定还会再写些什么。早在一九四六年，接受记者采访的时候，沈从文先生很有激情地说起当时最好的青年作家，就是刚在《文艺复兴》上发表小说的汪曾祺。到“文化大革命”中的一九七二年，沈先生给巴金夫人萧珊写信，又描述了汪曾祺当时的形象，说他现在已成了名人，头发也开始花白，“初步见出发福的首长样子，我已不易认识”，这“不易”两个字很耐咀嚼，然后笔锋一转，说“后来看到腰边的帆布挎包，才觉悟不是首长”。生姜自然是老的辣，沈先生是什么人，笔落惊风雨，诗成泣鬼神。

到“文化大革命”结束的时候，巴金老了，沈从文老了，写小说已没有那个精力。待从头，收拾旧河山的光荣任务，天降大任落到汪曾祺和高晓声这一代人身上。一个人真没有机会，呼天天不应，求地地不听，但是机会一旦出现，就只能属于有充分准备的人。聪明过人的高晓声登场了，才华过人的汪曾祺也登场了。当我们仰天长叹，对剥夺巴金和沈从文写作权利的那个时代，表示切齿痛恨之际，不得不庆幸后面一代人的运气太好，他们苦尽甘来，终于在最后抓住机遇。

今人不见古时月，今月曾经照古人。凡是读过《异秉》的人，都免不了去想，去思索，琢磨小说中王二的“异秉”究竟在什么地方。汪曾祺借王二之口，幽了一默，说他的奇异之处，只是“大小解分清”。什么叫大小解分清，王二进一步解释说：

我解手时，总是先解小手，后解大手。

这是王二随手扔的一块香蕉皮，顿时很多人中计，滑了一个大跟头，小说结尾时，厕所里已人满为患，大家都去抢占茅坑，研究自己是否有“异秉”。我喋喋不休提起《异秉》，喜欢这篇小说之外，更觉得可以用它说事。无论是高晓声的聪明，还是汪曾祺的才华，都十分难得，这些东西本身就是异秉，是镜中花，是水底月，无迹可寻，可遇不可求。后人如果不明白，希望通过模仿，学些聪明和才华的皮毛，驾轻车走熟路，野心勃勃到文坛上去闯荡，去捞些什么，注定只能铩羽而归。高晓声和汪曾祺获得了应有地位，后来作家如果不能从他们的树荫中走出来，不另辟蹊径，不披肝沥胆，文学的前景就没什么乐观。换句话说，当代文学如果不够繁华，是否与太多的聪明和才华有关。

2003年1月2日　河西

记忆中的林斤澜和陆文夫

一

父亲在北方有许多朋友，每次去北京，最想看望的是林斤澜伯伯。我们父子一起去北京的机会不多，在南京聊天，父亲总说下次去北京，带你一起去看你林伯伯。忘不了有一次，父亲真带我去了，我们站在一片高楼前发怔，北京的变化实在太大，转眼之间，新楼房像竹笋似的到处冒出来。一向糊涂的父亲，一下子犹豫起来，就跟猜谜似的，他完全是凭着感觉，武断地说应该是那一栋，结果真的就是那一栋。

我忘不了父亲找到林伯伯家大门时的那种激动心情。他孩子气地叫着“老林”，一声接着一声，害得整个楼道里的人，都把头伸了出来。我也忘不了林伯伯的喜出望外，乐呵呵地迎了过来。两个有童心的老人，突然之间都成了小孩。友谊是个很珍贵的东西，杜甫在《奉简高三十五使君》中曾写道：“行色秋将晚，交情老更亲。”父亲那一辈的人，并不是都把朋友看得很重，这年头，名利之心实在太重，只有淡泊的老人，才会真正享受到友谊的乐趣。

父亲过世后，林伯伯在很短的时间里，写了两篇纪念文章。仅仅是这一件事，就足以说明他和父亲的私交有多深。在贵州，一次和当地文学爱好者的对话会上，我紧挨着林伯伯坐在主席台上，林伯伯突然小声地对我说，他想起了我父亲，想起了他们当年坐在一起的情景。此情此景，物是人非，我的心猛地抽紧了一下，一时真不知说什么好。相逢方一笑，相送还成泣，我想父亲地下若有知，他也会和林伯伯一样，是绝对忘不了老朋友的。

林伯伯比我父亲大两岁，他长得相貌堂堂，当作家真有些可惜。女作家赵玫的评价，说他的五官有一半像赵丹，有一半像孙道临。准确地说，应该是赵丹、孙道临这些大明星，长得像林伯伯。林伯伯已经七十多岁了，可年轻人也没有他现在的眼睛亮。年轻一代的作家叫林伯伯自然称林老师，他们知道林伯伯和我们家的关系，跟我谈起来，总喜欢说你林伯伯怎么样。年轻人谈起老年人，未必个个都说好，但是我从没有听谁说过林伯伯的不是。年轻人眼里的林伯伯，永远是一个年轻的老作家。

还是在贵州，接待人员尽地主之谊，请我们吃当地的小吃。一人一大碗牛杂碎，林伯伯热乎乎地吃完了，兴犹未尽，又换了一家再吃羊杂碎，还跟柜台上的老板娘要了一碗劣酒，酒足饭饱，红着脸，从店铺里摇晃出来，笑我们这么年轻，就不能吃，就不爱吃。马齿虽长，童心犹在，老作家中的汪曾祺和陆文夫，都是有名的食客，食不厌精，脍不厌细，然而他们的缺点，都是没有林伯伯那样的好胃口。没有好胃口，便当不了真正的饕餮之徒。只有像林伯伯这样的童心，这样的好胃口，才能吃出天下万物的滋味。

父亲在世时，常说林伯伯的小说有些怪。怪，是对流行的反动。他不是写时文的高手，和众多制造时髦文章的写手混杂在一起，在林伯伯看来也许很无趣。道不同不相为谋。林伯伯写毛笔字，写的是篆书。他似乎从来就没有真正的大红大紫过。我刚开始写小说的时候，就听林伯伯说过，他和汪曾祺先生的小说，都不适宜发头条。现在已有所改变，他和汪的小说屡屡上了头条，说明时文已经不太吃香，也说明只要耐着性子写，小水长流，则能穿石。出水再看两腿泥，文章小道，能由着自己的性情写下去，总能在历史上找到自己的位置。

二十多年前，高中毕业无事可干，我在北京待了将近一年，那段时间里，常常陪祖父去看他的老朋友，都是硕果仅存、名震一时的人物。后来又有幸认识了父亲一辈的作家，经过一九五七年反右和“文革”的双重洗礼，这些人像出土文物一样驰骋文坛，笑傲江湖，成为当代文学的中坚。前辈的言传身教，让我得益匪浅。林伯伯曾戏言，说我父亲生长在“谈笑皆鸿儒”的环境里，我作为他的儿子，自然也跟着沾光。对于自己亲眼见过的前辈作家，有许多话可以侃，有许多掌故可以卖，然而林伯伯却是我开始写的第一位。

二

以上文字写于一九九六年的十二月，当时何镇邦先生在山东《时代文艺》上主持一个专栏，点名要我写一点关于林斤澜的文字。我一挥而就，并扬言这样的文章可以继续写下去，结果以后除了一篇《郴江幸自绕郴山》写了汪曾祺和高晓声，从此就没有下文。陆文夫过世的时候，很多报刊约写文章，我在追思会上也表示要写一篇，转眼又是好几年过去，文字却一个也没有，真有些说不过去。

大约是二十世纪七十年代末，我正在大学读书，动不动逃学在家。有一天，父亲领了一大帮人来，其中早已熟悉的有高晓声和陆文夫，不熟悉的是北京的几位，有刘绍棠，有邓友梅，有刘真，印象中还有林斤澜。所以要说印象中，是事情过了三十年，重写这段往事，我变得信心不足，记忆开始出现问题。或许只是印象中觉得应该有，本来还有一个人要一起过来，结果临时被拉去做讲座了。

多少年来，一直都觉得那天林斤澜在场，当我认认真真地要开始写这一段回忆文字时，突然变得谨慎起来。本来这事很简单，只要问问身边的人就行，可是过眼烟云，父亲离世已十七年，高晓声和陆文夫不在了，刘绍棠不在了，当事人林斤澜也走了，刘真去了澳大利亚，国内知道这事的只剩下邓友梅。当然，林斤澜在不在场并不重要，物以类聚，人以群分，那年头的“右派”常有这样那样的聚会，而林却是混迹其中唯一不是“右派”的人。

林斤澜没当上“右派”实属幸运，他和“右派”们根本就是“一丘之貉”，也没少犯过“错误”，也没少受过批判。一为文人，便无足观，改革开放之前，作家哪有什么好日子可过。林斤澜从来不是一个胆小怕事的人，把他和“右派”们放在一起说，没有一点问题，有时候他甚至比“右派”还“右”。二十世纪九十年代初，我去北京开会，好像是青创会之类，反正很多人都去了，一时间很热闹、很喧嚣，我打电话问候林斤澜，他很难得地用长辈口吻关照，说多事之秋，做人必须要有节操，要爱惜自己的羽毛，做人不一定要狂，但是应该狷的时候，还是得狷，不该说的话千万不要乱说。狂者进取，狷者有所不为也。我明白他说的那个意思，让他尽管放心。

还是回到那天在我家的聚会上，之所以要想到这个十分热闹的场面，因为这样的聚会属于父辈这一代人，只有劫后余生的他们才能分享。“右派”们改正后，行情看涨，开始扬眉吐气，一个个都神气活现，文坛上春风得意，官场上不断进取。记得那天话最多的是刘绍棠，然后就是邓友梅，说什么内容已记不清楚，不过是高谈而阔论，口无遮拦、指天画地。北方人总是比南方人嗓门大一些，我念念不忘这事，是想不到在我们家客厅，竟然会一下子聚集这么多文坛上的著名“右派”。说老实话，作为一个晚辈，我当时没什么别的想法，也轮不到我插嘴，只是觉得很热闹，觉得他们一个个返老还童了，都太亢奋。

二〇〇六年开作代会，在北京饭店大堂，林斤澜抓住了我的手，很难过地说："走了，都走了！"反反复复地念叨，就这一句话。眼泪从他眼角流出来，我知道他是指父辈那些老朋友，一看见我这个晚辈，就又想起了他们。终于平静下来，我不知道说什么好，他沉默了一会，又说："你爸爸走了，曾祺也走了，老高也走了，老陆也走了，唉，怎么都走了呢？"

我能感受到他深深的悲哀和无奈，林斤澜是最幸运的，与过世的老朋友相比，他最健康，心态最好，创作生命也维持得最持久，直到八十多岁，还能写。这时候，他八十三岁了，精神还不错，两眼仍然有神，可是走路已经缓慢，反应明显不如从前。也是我最后一次跟他见面，今年四月，程绍国兄发信给我，告诉消息不好：

> 兆言兄，林斤澜先生病危（全身浮肿，神志时清时不清），离大去之期不远矣。这是他五妹今早通知我的。悲恸。

第二天晚上，又来了一信，像电报一样，只有几个字：

> 林老下午去世。绍国。

我打开信箱，见到这封信，无限感慨，心里十分难过，傻坐了一会，回了一封短信：

刚从外面回来，刚看到，黯然销魂。无言。兆言。

真不知道说什么才好，一九七九年第四次文代会召开，据说有一个很感人的场面，就是大家起立，为过去年代过世的作家默哀。从此，文坛旧的一页翻了过去，新的一页打开。当时有一个流行词叫“新时期”，还有一个词叫“重放的鲜花”，这鲜花就是指父亲那辈人，那些在二十世纪五十年代开始写作的作家们又重新活了过来。时过境迁，新的那一页也基本上翻了过去，重放的鲜花大都凋零，父辈的老人中虽然还有些幸存者，譬如邵燕祥，譬如李国文，譬如王蒙和邓友梅，还有张贤亮，还有江苏的梅汝恺和陈椿年，但是那个曾经让他们无限风光的时代，却已无可奈何地结束了。

三

“右派”改正以后，中文系的支部书记约我这个学生谈话，说是在我的档案中，有一些父亲的材料，要当面销毁。我觉得很奇怪，说为什么要销毁呢，这玩意儿已存在了很多年。书记说销毁了，对你以后的前途就不再会有什么影响，这可是黑材料。我拒绝了书记的好意，认为它们既然未能阻止我上大学，那么也就阻止不了别的什么。

直到“右派”改正，我才知道父亲和他的那些朋友是“右派”。这些并不光彩的往事，他一直都瞒着我，在此之前，我只见过韩叔叔、陆叔叔。韩是方之，他姓韩，方之是笔名；陆就是陆文夫，他来过几次南京，是我应该称之为叔叔的父亲众多好朋友之一。在我的记忆中，“探求者”成员被打成“右派”后，互相往来很少。除了父亲和方之，他们都在南京，是标准的难兄难弟，根本顾不上避嫌疑，其他的人几乎断绝音讯，譬如高晓声，父亲就怀疑过他是否还在人间。

和知道方之一样，我最早知道的陆文夫，既不是作家，也不是美食家。方之与陆文夫在“文革”中都下放苏北农村，粉碎“四人帮”后，分别回到南京和苏州，然后就蠢蠢欲动，开始大写小说，加上一直蛰伏在常州乡间的高晓声，很快名震文坛、享誉全国。陆文夫是江苏第一个得全国短篇小说奖的人，也是获得各种奖项最多的一位。加上方之和高晓声，紧随其后跟着获得大奖，在二十世纪八十年代文学热的大背景下，一时间，只要一提起江苏的“探求者”，人们立刻刮目相看。

陆文夫在“文革”后期有没有写过小说我不知道，反正方之和高晓声是努力地写了，在那个特定时期，他们的小说不可能写好，也不可能产生任何影响。“文革”后期开始文学创作，思想虽然不可能解放，但最大的好处是可以提前预热，先活动活动手脚，俗话说“一招鲜，吃遍天”。当然“右派”作家还有一个优势，早在二十世纪五十年代已开始写作，有着很不错的基础，本来就是不错的写手，赶上新时期这个好日子，水到而渠成，大显身手、独领风骚便在情理之中。显然，江苏作家中的陆文夫运气要好一些，一出手就拿了个奖，方之没那福分，他的《在阁楼上》与陆文夫的《献身》发表在同一年的《人民文学》上，同样是重头稿，而且还要早一期，也有影响，却只能看着《献身》得奖。

说到文学风格，方之自称为辛辣现实主义，称高晓声是苦涩现实主义，称陆文夫是糖醋现实主义。方之小说的辛辣味道，一度并不见容于文坛，其代表作《内奸》被退了两次稿，这让他觉得很没有面子。好在《内奸》还是发表了，而且很快得了全国优秀短篇小说奖，这个奖被评上不能说与方之的逝世有关，然而在评奖之前，方之的英年早逝引起文坛震惶，连巴金都赶写了文章悼念，也是不争的事实，毕竟是影响太大，说红就红了。

平心而论，在二十世纪八十年代初期，高晓声要比陆文夫更红火一些。这时候方之已经过世，如果他还健在，也可能会在陆文夫之上。无疑是与个人的文学风格有关，不管怎么说，当时是伤痕文学的天下，整个社会都在借助文学清算过去，都在利用小说出气，辛辣和苦涩未必见容于官方，却更容易引起读者的共鸣。真正奠定陆文夫文坛地位的是后来的《美食家》，不仅得了全国优秀中篇小说奖，而且它产生的影响连绵不断，一浪盖过一浪。相比高晓声和方之的一炮而红，陆文夫略有些慢热，一开始可以说是不温不火，在《美食家》之前，既能够被别人不断说起，有点小名气，又还不至于充当当时文坛的领军人物。

《美食家》改变了一切，陆文夫名声大振，小说被到处转载，又是电影又是电视。不只是文坛，而且深入了民心，影响到了国外，上到政府官员，下到平头百姓，只要提到一个吃字，只要说到会吃的主，就无人不知陆文夫。

四

我一直觉得“美食家”三个字，是陆文夫的生造，在没有《美食家》这篇小说前，工具书上找不到这个词。有一次，一个朋友让我写信，催陆文夫许诺要写的一篇序，我冒冒失失就写了信，结果陆很生气，立刻给我回信，说自己从来没答应过谁，说别人骗我来蒙他，我竟然就跟着瞎起哄。反正我是小辈，被他说两句无所谓，只是朋友向我赌咒发誓，认定陆文夫是当面答应过的，他现在又赖账不肯写了，也没有办法。后来我跟陆文夫讨论此事，他笑着说，要答应也肯定是在酒桌上，或许是有的，不过喝了酒说的话，自然是不能作数。

陆文夫与父亲还有高晓声喝酒都是一个路数，喜欢慢慢地品，一边喝一边聊，酒逢知己千杯少，从上顿喝到下顿并不罕见。我不善饮，只能陪他们聊天。父亲生前常常要说笑话，当面背后都说，说陆叔叔现在已成了“吃客”，嘴越来越刁了，越来越不好侍候。吃客是苏州土话，也就是美食家的意思。父亲是苏州人，陆文夫长年客居苏州，他们在一起总是说苏州话，而这两个字非得用方言来念才有味道。如果陆文夫的小说当初以吃客命名，说不定现在流行的就是这两个字。

父亲的话有几层意思，首先作为老朋友，他过去并不觉得陆文夫特别会吃。士别三日当刮目相看，父亲见过很多能吃的前辈，说起掌故来头头是道，以吃的水平论，陆只能算是晚辈。其次陆文夫不好辣，缺此一味，很难成为真正的美食大家，父亲少年时曾在四川待过，总觉得川菜博大精深，不能吃辣将少了很多乐趣。最后一点更重要，好吃乃是一件很堕落的事，是败家子和富家子弟的恶习，是男人没出息的表现。陆文夫并非出自豪门，哪来吃的基础?

“右派”改正以后，老朋友经常相聚，有一次在我家喝酒，方之怀旧，往事不堪回首，说着说着，方之忽然伏在桌上哭了起来，父亲和陆文夫也立刻跟着流起了眼泪。

方之过世，陆文夫从苏州赶到南京，先到我家，站在门外，叫了一声“老叶”，便情不自禁地哭了。然后缓缓进屋，坐在方之生前喜欢坐的红沙发上，又掩面痛哭，像个伤心的小孩子。又过了十多年，轮到了父亲要走了，我忘不了陆文夫悲哀伤心的样子，在医院里，他看着已经头脑不清醒的父亲，眼睛红了，叹气不止。这以后，他一次次在电话里关切询问，然后又匆匆从苏州赶过来奔丧。

进入了新时期，文人陡然变得风光起来，陆文夫更多的是向人展现了自己靓丽的一面，人们很难想到他并不光鲜的另一面。很显然，陆文夫并不喜欢“糖醋现实主义”这种说法，事实上他文章中有着太多的辛辣和苦涩，人们只是没有那个耐心去读。要知道，他本是个愤世嫉俗的人，说到脾气大，说到不随和，“探求者”成员中，他丝毫也不比别人差，当然吃的苦头也就不比别人少。陆文夫的两个女儿身体都不好，大女儿开过刀，做过很大的手术，小女儿更是很年轻就撒手人寰，都说这与她们从小被动吸烟有关。

在陆文夫写作的艰难岁月，大部分时间居住环境十分恶劣，都是关在一间烟雾缭绕的小房间苦熬，而且经济条件有限，吸的是最差劲的香烟。这种蹩脚烟很多人也抽，但很少是躲在完全封闭的环境里，那年头的文化人哪有什么今天的健康意识。

陆文夫被打成“右派”后，当过工人，“文革”中又下放了很多年，这本是文化人的宿命，没必要过分抱怨，更没必要心存感谢。一个人并不能因为吃过苦，就一定应该享受甜；落过难，就应该获得荣华富贵。写作并不比别的什么工作更伟大，人生最大的愉快，是想干什么，就能干什么。陆文夫的手很巧，他当过工人，曾是一名非常出色的技工，但是更擅长的还是写作，只有写作才能让他真正的如鱼得水。给作家一些磨难也没什么，吃点苦也行，然而真不应该无情地剥夺他们的写作权利，不应该扼杀他们的创作生命。

五

我对林斤澜的了解并不多，只知道他和父亲关系很铁，除了“探求者”这批老哥们外，北京的同辈作家中，与父亲私交最好的就是他。为了这个缘故，在刚开始写作的那段日子，父亲曾把我的一个中篇小说习作交给他，让他提提意见，其实是投石问路，看看是否能在《北京文学》上发表，这话自然没好意思明说，老派的人都很讲究面子，有些不该说的话还是藏着为好。林斤澜认认真真地回了一封很长的信，首先是说想不明白，为什么要让他来提意见，说父亲身边高手如云，往来无白丁，干吗非要绕道北京，让他这么一个并不被文坛看好的人出来说话。

这是我唯一没有拿出去发表的小说，至今也想不明白当年为什么会这样做。或许是穷疯了，居然把压箱底最糟糕的一篇小说拿了出去，毕竟林斤澜和父亲最熟悉，说不定就能在他主编的刊物上发表了。来信中有大量的鼓励，说文字还很不错，也蛮会说故事，就凭这样的小说去做一个现成作家，自然是当仁不让。很多表扬其实就是批评，我始终记得最后的几句话，说写作可以有很多种，然而驾轻车走熟路，未必就有什么太大意思。

多少年来，我一直把这句话牢记在心上，当作座右铭。熟路就是俗路，就是死路，一个写作者必须坚决避免，不能这样不知死活地走下去。很感谢林斤澜没有把那篇小说发出来，他把这篇小说退给了我，没让我感到沮丧，只让我感到羞愧，感到醒悟，让我一下子明白了不少写作的道理。一个人在刚开始写作的起步阶段，肯定会有些晕头转向，肯定会不知轻重，这时候，有一个人恰到好处地对你棒喝一声，真是太幸运了。

不能说二十世纪五十年代开始写作的那一辈作家，没有文字上的追求，但是要说林斤澜在这方面最用心，最走火入魔，并不为过。据说，汪曾祺对林斤澜的文字有过批评，在五十年代说其“纤巧”，后来又说其“佻”，所谓纤巧和佻，说白了，都是用力有点过的意思。这个也就是父亲说的那个“怪”了，玩文学，矫枉不妨过正，语言这东西，说平淡，说自然，其实都是一种功力，都得修炼。事实上，汪曾祺自己的文章也有同样问题，也是同样的优点、缺点。明白了这些，就能明白为什么林斤澜和汪曾祺会走得很近，会惺惺惜惺惺，奇文共赏，毕竟他们在艺术趣味上有很多共同追求的东西。

汪曾祺早在二十世纪四十年代末就开始写作出名，千万别小看了只早了这么几年，有时候几年就是整整一代人。汪的文字功力一下子远远地高于五十年代的作家群，后面的这茬作家，先是没有意识到，后来明白了，要想追赶上汪曾祺，必须得花很大的气力才行，而这里面最肯玩命，玩得最好的，基本上就是林斤澜了。

林斤澜的小说在二十世纪八十年代并不是太被看好，他是名家，谈不上大红大紫，如果说因为汪曾祺的走红，带火了林的小说，听上去很不入耳，然而也不能说不是事实。汪曾祺让大家见识了什么叫艺术，推动了一代人小说趣味的行情上涨，也顺带提高了林斤澜的地位。林斤澜的短篇小说写得很棒，是一个始终都有追求的作家，小圈子里不时有人叫好，朋友们提到他都乐意竖大拇指，但是真正获得全国优秀中短篇小说奖，却是迟了又迟，晚了又晚。他那一辈的作家都得过了，都得过好几轮了，才最后轮到他。然而获奖并不能完全说明问题，除了汪曾祺，林斤澜是二十世纪五十年代开始写作的老作家中当然的老大哥，这一方面是由于他的年龄，既是岁数大，又活得长，另一方面也是由于小说成就，他压得住这个阵。出水再看两脚泥，他的作品毕竟比那些当红一时的作品更耐看，很多人都愿意佩服，也就不是没有道理。

六

陆文夫当了中国作协的副主席，他自己不当回事，我们这些做晚辈的却喜欢议论，聚在一起常要切磋，研究这相当于什么职务。在一个讲究级别的社会，一说起让人捉摸不透的“相当于”，就难免书呆子气，就难免不着调和离谱。说着玩玩可以，一是一，二是二，千万别拿村主任不当干部，千万不要把作协主席和副主席真当领导。

毕竟作家是靠作品说话，作品写好了，这就是真的好，就是真正的功德圆满。陆文夫其实是个很有架子的人，内心十分骄傲，一点都不愿意低调，我看到有些文章说他待人接物非常随和，很乐意与普通老百姓打成一片，心里就觉得好笑，夸人不是这么夸的。我们总是习惯于这样来表扬人，父亲生前就是一个最典型的例子，人家总是这么说他，其实文人没有一些脾气，没有自己特立独行的品格，只是充当一个和事佬并不可爱，而且也不真实。“探求者”中的这些作家，眼光一个个都很高，都牛，背后说起话来都挺狠挺损，我可没听他们少攻击过别人，说谁谁谁不会写东西，谁的小说惨不忍睹，这些话是经常挂在嘴边的。

很显然，陆文夫根本不会把全国作协的副主席头衔放在眼里，在别人看来就不一样，有的人专门看人脸色，喜欢观察别人对自己的态度。陆文夫并没有什么改变，他天生就有些狂，可是偏偏有人觉得是当了副主席才变了。由于美食家的称号，晚年的陆文夫给人感觉更像是一位不折不扣的名士，出入有高级的轿车，交往多达官贵人，早已不是当年的吴下阿蒙，却不知道他即使是最落拓时，也仍然不失为一翩翩公子。高晓声和方之，还有我父亲都属于那种不修边幅的人，就算是成功了，也仍然一副潦倒模样，陆文夫不是这样，用今天时髦的话说，他一直是位帅哥，一直相貌堂堂，很有风度。

陆文夫还是江苏的作协主席，他不止一次跟我谈过，不想兼这个可有可无的差事。当初还没有高速公路，铁轨上也没有飞驰的动车，他远在苏州，有时候为了一点屁大的事，得火烧火燎地赶到南京。人情世故匪夷所思，很多时候就是这样，不想干反而会让你干，想干又未免干得了。好在当不当都是做做样子，为了请他出山，当时负责分管文化的省委副书记赶到苏州，亲自做他的思想工作。这样隆重的礼遇让陆文夫觉得很有面子，同时也让他找到了自己还是应该出来当这个主席的借口。后来陆文夫年纪也渐渐大了，不打算让他再干下去，新的分管领导约他到南京谈话，短短的几分钟，便从本来就是挂名的主席，变成了更加是挂名的名誉主席。

这个变动让陆文夫感到不太痛快，他不在乎那个主席，更不在乎名誉主席，在乎的只是一个礼数。不同领导会有不同领导风格，对文人的态度从来就不一样，赵匡胤杯酒释兵权，陆文夫没什么实权，只有一些虚名，他觉得有些话如果在酒席上提出来，或许会更合适一些。

七

我与林斤澜有过三次同游的经历，每一次都很有意思。第一次是在江苏境内，先在南京，然后去扬州、镇江、常州，再返回南京。这一次因为还有汪曾祺，汪是才子型的文人，到什么地方都会有热情的粉丝求题字，因此林虽然是陪同，却常常是躲在后面看热闹，一边与我说悄悄话，一边乐呵呵地笑，我们都很羡慕汪能写一手好字。

第二次是长途旅行，仿佛红军二万五千里长征，在地图上南来北往，东奔西窜。从江苏的无锡出发，转南京，去山东、去安徽、去江西、去福建、去浙江、去上海。华东六省一市偌大的一个区域，该玩的地方都点了卯，是名胜都去报到，拜访了曲阜，登梁山、黄山、武夷山和当时尚未完全开放的龙虎山，游徽州皖南民居，逛景德镇看瓷器瓷窑，还有太湖、千岛湖、富春江、西湖，总之一句话，玩的地方太多了，根本就数不过来。老夫聊发少年狂，我这个年龄的作家都时常喊吃不消，他却无大妨碍，兴致勃勃率领老妻，一路喜气洋洋。

第三次就是在贵州，这一次，我干脆是与林斤澜同一个房间住，当时还很少让作家住单间，即使老同志也不能例外。我们朝夕相处，老少相知有素，天南海北说了很多。难得的是林斤澜始终有一份年轻人的好心情，能吃能睡能玩，更能说笑话。与他在一起，你永远也不会觉得无聊。他喜欢谈论过去，褒贬身边的朋友，尤其喜欢对我倚老卖老，说他当年跟在那些老作家后面，像对待老舍什么的，那就是老老实实，小心翼翼地在一旁看着听着，就像我现在对待父辈作家一样。

又说有一次陪沙汀去看李劼人，李提出来要弄几个好菜招待，沙汀一口拒绝了，坚决不答应。这事让林斤澜一想到就连声大喊可惜，李劼人是老一辈作家中赫赫有名的饕餮之徒，他一出招，亮两手绝活，后来的美食家汪曾祺和陆文夫，都得乖乖地服输靠边站。林斤澜说自己当时那个动心，那个懊恼，这不只是一个解馋的小问题，关键是可以大开眼界，领略大师的美食风范。这么好一个机会，活生生失之交臂，焉能不着急，岂能不跺脚？

林斤澜也喜欢玩点收藏，不收藏珍版书，不收藏名人字画，藏书也不算太多，可是他收罗了大量的酒瓶。跟他在外面一起周游，看到有点奇怪的酒瓶，他的眼睛便会像顽童一样放光。我已经记不清是在什么地方，反正是去参观一家工厂，专门为各种名酒做酒瓶，五花八门，琳琅满目，林斤澜看了，从头到尾都是感慨，我们就不停地问他想要哪一个，他东看西望，一个劲地喊:“好确实是好，可太多了，不好带呀！”

八

鲁彦周先生安排一批老友去安徽游玩，给我这晚辈打了个电话，让我陪陆文夫去，说是一路可以有个照顾，可是陆突然感到身体不适，临时变卦不能去了，我又不愿意独自成行，结果便把储福金拉了去。这其实又是一次小规模的“右派”分子聚会，自然还是热闹，动静很大，有王蒙、有邓友梅、有张贤亮和邵燕祥，还有东道主鲁彦周，都是老“右派”。在一个风景如画的景点，鲁彦周很遗憾地对我说，考虑到兄弟们年龄都大了，此次出行专门请了医生随同，可是没想到就算如此高规格的安排，老陆还是不能来，真是太可惜。又说老陆真要是来的话，能玩则玩，不能玩随时又可以走，这多好，老朋友能聚一聚不容易。言辞很悲切，他提及当年曾想约我父亲到安徽看看，总以为时间很多很容易，没想到说耽误就耽误了。

陆文夫与鲁彦周同岁，比他早走了一年。在陆文夫追思会上，江苏一位老作家用“备极哀荣”四个字来形容，这个说法很值得人玩味。从世俗的角度来看，二十世纪五十年代开始写作的这批老作家，很多人虽然被打成“右派”，历经了种种运动之苦，只要能写出一些货真价实的东西，后来都能名利双收，晚年总体上还是比较幸福。国家给的待遇也不算太低，方之走得最早，沾光最少，仍然分到了一套在当时还说得过去的房子，高晓声是三套，陆文夫只有一套，但是就其面积和规格，已足以让人羡慕。

父辈作家最大的幸运是熬到了“四人帮”被粉碎，有一个新时期的大舞台供他们大展身手。否极而泰来，重塑文学辉煌的重任，既幸运又当仁不让地落在了他们身上。没有他们，就谈不上什么新时期的文学繁荣，而我们后来的这些作家，其实都是踩在父辈肩膀上，才冒冒失失开始文学创作。必须以一种感恩的心态对待他们，然而要重新评价前辈，却不可回避地会遭遇到两个问题。首先，如果最初的青春岁月不被耽误，不是鲜花重放，而是一直尽兴地怒放，他们的文学成就会达到一个什么样的高度？其次，当待遇被普遍提高，地位得到明显上升，作家的镣铐被打开以后，前辈的实际成就又究竟如何？认真地研究这些，对当代文坛的创作无疑会有好处。

晚年的陆文夫时常会跟我通电话，基本上都在谈他的身体状况，或是由身体引起一些话题，服用了什么药，效果如何。试用了某种进口药后，他非常热心地推荐给我伯父服用，因为伯父也是肺气肿。这时候，对文坛他已没多少兴趣，更多的是反过来关心小辈的健康，提醒我不要不顾一切，犯不着为写作玩命。烟早就不抽了，酒也不能喝了，他成了一个不折不扣的长者，一位非常慈祥的老人。

江南的冬天非常难熬，因为没有暖气，数九严寒北风怒吼，在室内待着很难忍受。陆文夫的肺不太好，呼吸困难，有一次他向我抱怨，说空调里散发出来的热风，让他觉得很不舒服。我不知道如何安慰他，只能埋怨气候不好，我们正好处在不南不北的位置上，纯粹北方就好了，房间里有热水汀，地道的南方也行，干脆气温高一些。江苏的气候要么把人热死，要么就让人冻得吃不消。此后不久去上海参加新概念作文大赛评奖，快经过苏州的时候，我想到了卧病在床的陆文夫，想到了空调散发的让他不爽的暖风，突然决定中途下车，直奔苏州的电器店，买了一个取暖油汀，然后送到陆文夫家。他感到很吃惊，没想到我会出现，更没想到我会给他送这玩意儿。我也觉得很有意思，怎么就会灵机一动，为什么不能早点想到呢，取暖油汀使用起来，显然要比空调舒服。

这是我与陆文夫的最后一次见面，早就知道他身体不好，早知道不可能恢复，早知道会有那么一天，就跟自己的父亲当年过世时一样，明知道事已不可避免，明知道那消息就要到来，可是从感情上来说，还是不太愿意接受。

2009年10月16日　河西

前辈作家的教诲

前辈作家高晓声关于文学的两个观点，我一直牢记于心，获益匪浅。二十世纪八十年代初期，他是江苏最火爆的作家，也是全国最有影响力的小说家。从北京领了大奖回来，电视台前去采访，问他对文学有何看法，他用一口浓重的乡音回答，说文学嘛，是好玩的事。

这个回答让采访者目瞪口呆，要知道在那个年代，文学仍然被捧到了不能再高的地位，不说是打击敌人教育人民的有力武器，起码也应该冠冕堂皇，把调子再稍稍提高一些。可是被誉为农民代言人的高晓声，很干脆地用了两个近乎犯忌的字，“好玩”。

伟大的孔子曾经说过，知之者不如好之者，好之者不如乐之者。好玩并不是什么大逆不道，好玩就是“好”，古人论文，常喜欢用到这个当作动词的好。还有一个字当然就是玩，玩味的玩，把玩的玩。文学是要让人琢磨，要让人玩味和把玩。因为很多人的文学太直露，剑拔弩张毫无藏锋，高晓声又表明了自己的第二个文学观点，这就是要潜移默化，要稍稍拐点弯，绕个圈子。不能说直截了当不是文学，然而太直截了当，太浅薄了，很可能就不够文学。

高晓声的两个文学观点很直白，是对“文学有什么用”的最好解释。文学是热爱文学的人的事业，对于那些不喜欢文学的人，文学一点用都没有，文学也一点都不好玩。文学只对那些准备要感动的人起作用，我们之所以感动，是因为已做好被感动的准备，是文学搔到了我们的痒处，或者用最流行的话说，是文学碰到了我们的敏感点。否则仅仅是把文学放在一个很高的位置上，竖一个再大的牌坊，仍然没有任何意义。

文学作品如果不被阅读，无论什么名著，无论什么大奖，都和垃圾没太大区别。因此，一个人准备从事文学工作，别老想着当鲁迅，当托尔斯泰，先问问自己是不是真心喜欢。要知道，文学首先不是为了别人，而是为了我们自己。不要光想着拯救别人，而是先要拯救自己，打算去惊醒愚昧的国民前，最好先让自己醒醒酒。

高晓声是家父的好友，是患难兄弟，曾经一起被打成“右派”。与方之的热心过度不同，高晓声鼓励我写，对发表却无所谓。方之说，小兆言的这篇小说肯定发不了，能不能想个办法，让他改一改。高晓声板着脸，说改什么，就这样，要写，不如再写一篇别的。有一段时间，我成天被退稿，觉得很丢脸，垂头丧气。高晓声说，别投稿了，放抽屉里，有一天你写好了，这些玩意儿都能发表。

2010年7月6日

不喜欢屈原的理由

无意中看电视的文化节目，画家范曾正孩子气地背《离骚》，因为剪辑，开头几句还明白，后面便不清楚。总之是背完了，据网上介绍，他七分钟就把近三千字的《离骚》背完了。这相当厉害，不由地感叹，那么一把年纪，还能记住。

如果久经考场，背《离骚》也没什么，我们小时候背《毛主席语录》，背“老三篇”，基本上都能倒背如流。难就难在上了年纪，难就难在一口气不停顿。若给人一支笔几张纸，允许慢慢想，这活或许容易许多，毕竟默写有停顿，注意力也容易集中，可以一边写一边想。当众背诵仿佛演员念台词，具有表演性质，说走神就走神。

凡是中文系出身的人，为了应付考试，都被《离骚》折磨过。它不仅漫长，而且佶屈聱牙，有的字，查了字典还不会读；有的字，会读却不知道意思。记得大学时讨论，一位来自北京的高才生怒不可遏，气鼓鼓地说屈原一点都不谦虚，从头到尾自吹自擂，一个劲地自我表扬，都是我怎么好，别人怎么不好，这叫什么事呀。

《离骚》在文学史上有着非同寻常的地位，但是很长时间，我总是喜欢不起来。理由一，恰如那位同学说的那样，见过自恋的，没见过这么自恋的，“众人皆醉我独醒”，凭什么说你是醒着的？“众女嫉余之蛾眉兮，谣诼谓余以善淫”；理由二，是忍受不了他的忠君思想，为什么要对愚蠢的楚王那么忠心耿耿。

屈原一生，一直想成为伟大的政治家，治国平天下。事实却是只能洁身自好，长年沉浸在理想的虚幻中。百无一用是书生，屈原放逐乃赋《离骚》，这是苦难出诗人的最好例子，也是文人不得志的安慰剂。东晋的王恭有句名言，“但使常得无事，痛饮酒，熟读《离骚》，便可称名士”。这位仁兄是熟读了《离骚》，可惜不会带兵打仗，结果兵败被杀。

这些年来，谈不上多喜欢《离骚》，可是常用它来检验记忆力。遇到无聊的会议，当官的喋喋不休，作家们胡说八道，无良学者慷慨陈词，我就假装在记录，想一段写一段。说老实话，到今天这把年纪，脑袋里储藏的玩意儿，是黄鼠狼拖鸡，越拖越稀，说不定哪一天，今天还能默写的那些句子，说没就没了。

不喜欢屈原的理由，其实都站不住脚。他自恋，文人都自恋。不喜欢佶屈聱牙，在两千多年前，他只能用这种腔调说话，我们今天习惯的时髦词，他老人家不会。当然，最糟糕的是他只能忠君报国，毕竟是书生，毕竟一腔热血，君王昏庸报国无门，也不是他的错。

2010年4月30日

第 三 章

文学是善

陈先生治学有方

我被南大录取以后，父亲叹了一口气，说：“唉，临了还是要搞文科。”

我父亲、祖父不愿承认搞文科没出息，他们始终回避着这个最本质的问题。我父亲讲得冠冕堂皇。他说，作家是不用教的，不用进大学，他是用这个来掩盖自己的恐慌。实际上，他骨子里并不赞成我上大学学文科，觉得这是个是非之地，但是我父亲受祖父影响，坚持认为不应该干涉子女的选择，这是他坚定不移的民主思想。他是个家庭民主主义者。他决不会对儿子说，因为写作这件事情被打成“右派”，这个事情就有风险，就不值得去做。他可以这么想，讲出来却是不现实的，因为这么说太俗了，可以说这就是文人的酸。我父亲不愿我当作家是肯定的，他从不培养我写东西，而且他对写作这个职业并无好感，这种情绪也自然地传染给了我。所以，我一拿到录取通知书，父亲就给我设计未来要走的路。我父亲是一个很浪漫的人，他老是喜欢和我像兄弟一样进行热烈的讨论。最后，我们得出了一致结论，就是研究外国文学。当时，我给自己定的第一步方案，是准备未来写外国人物传记，像莫洛亚那样，写出一大堆外国作家的传记。我的脑子里一片混乱，我和父亲都觉得写传记就是做学问，和写小说不一样。

我父亲对大学课程不了解，我也不了解，就觉得要上大学，真上了，事到临头，应该怎么做，糊里糊涂。现在想起来，倒是陈瘦竹先生对我讲的一番话，起了很大的作用。我父亲和陈先生很熟悉，有一次遇到陈先生，陈先生说："让你孩子来找我，我有话对他说。"于是我就去了，完全是因为礼节。陈先生很高兴，让我说说自己的想法。我已记不清当时是如何胡说八道的。他很认真地听着，最后说："兆言，不管你将来从事什么工作，都应该一个月写一篇小说，每个礼拜写篇散文，这是主要的。此外，每天学两个小时外语，两个小时古文。"当时我觉得这不可思议，我从来没写过小说，除了应考的作文，散文也没写过。再说，我又不准备当作家，写这么多干什么。

当时，陈先生给我的印象，不是什么中文系现代文学的祖师爷，南大教授的招牌根本吓不倒我。无知必然胆大，陈先生给我的教诲是应该怎么读大学。在我看来，他倒更像一名私塾先生，他老让人带信让我去，因为他要检查我的功课，要看我写的小说和散文，我觉得拿不出手，一直躲着不肯见。我不是个好学生，离他的要求相差甚远，但是他的治学方法对我有影响，我坚持每天写日记，每天学外语，学古文。大学这么多年，古文我没丢过，虽然没有什么了不起的进步，《古文观止》一类的总要反复看看，古文是可以反复看的。有时候想想，真得感谢陈先生，因为事实上，直到现在，我还在受他的影响。

高晓声给我开过一张阅读书单，他是乱开的，说学古文应该从《聊斋志异》开始，因为他自己学古文，就是从这本书启蒙的。这是标准的野狐禅。有一段时间，我总是捧着《聊斋志异》，当然，阅读最投入的，应该是晚明小品，我对张岱很入迷，也喜欢归有光。看归有光很自然读到唐宋八大家，因为他提倡八大家，他提倡，我就不敢不读，阅读八大家又会很自然读到《史记》，这是很顺畅的一条线。按着这条线阅读，你会发现自己有些来头，但是，喜欢鲁迅以后，突然发现与八大家对立的魏晋散文也值得一读。我们说鲁迅的文章有魏晋遗风，章太炎、黄侃都喜欢魏晋，这也就是说，韩愈“文起八代之衰”，是苏东坡情绪化的包装，魏晋散文并不是人们想象的那么坏。天下的好文章并不是简单的一条线，古文是好是坏，认真读过了才知道。我印象中，王勃的《滕王阁序》并没有什么好的，太花哨了，跟归有光提倡的文风是不同的，但是归有光也不一定对。桐城派把古文发展到了最高峰，也将其引到了绝路上，五四时称桐城派为“妖孽”，还真不能说仅仅是意气用事。古文是个无底洞，我们这一代人，谁也不敢讲有古文底子。孙犁曾经说过，不要小看一本《古文观止》的功劳，我觉得这话很实在，很坦白。对于真正做学问的人来讲，这是件浅薄可笑的事情，不过，对于文科学生，认真读《古文观止》肯定有好处。我的古文底子就是《古文观止》《古代散文选》这类通俗教材给我的，学古文偷不了懒，做不了假，学一点是一点，没学就是没学。所以今天回忆起来，我上大学时仿佛就两门功课认真学了，一门是古代汉语，一门是外语。

上大学前，我的理想是上大学，上了大学以后，我变得很机械。老实说，我喜欢这种机械的状态，我在大学里就这么几件事，学外语、古文，看外国小说，看杂书，胡乱写作，时间永远不够用。机械未必就是什么坏事，我一生中，有两段时间，回忆起来很有意思。先是高中毕业以后，无所事事，整天瞎看书。无意义真不是什么坏事。我当时看了很多外国小说，很茫然地瞎看，抓到什么看什么，没有任何选择，更没有任何目的。

我那些年就睡在书堆里面，这是我所处的环境造成的，周围的人都在谈书，我父亲就是一个大书虫子，他要表现自己，也是谈书。我的堂哥叶三午自称是看小说最多的人，我受他影响，老想着有一天要超过他。有一段时间，翻译托马斯·曼《布登勃洛克一家》的傅惟慈常来和三午吹牛，说什么小说好，谁谁谁是真正的大作家。那时候，他在语言学院当老师，有一天，一本正经地给三午和我出了个题目，让我们写出一百本自己喜欢的外国小说。这是个看看容易，操作起来极难的游戏，我和三午开始凑数字，前二十本没什么问题，到后面就难免出洋相了。大作家好作品是没有疑义的，即使你没看完，写进去也不会出洋相，可是到了后面，怎么办？这种游戏有一种挑战性，会迫使你去阅读。

常常有人问我小时候的理想，他们希望我能回答从小想当作家，经过刻苦努力，有志者事竟成，可惜这不是真相。我小时候有什么理想？我小时候没有理想。对我这样的脑子，陈先生的指点很好。当时怎么就那么听老先生的话，我也搞不清楚为什么。现在想想，我觉得自己还是有点混沌，认为这样读书最省心，觉得有事做就不想别的了，人就怕空嘛，有事做，就不会好高骛远。文科大学生最容易忽视的就是基本功。

我不做作家梦，对于我来说，写作就是练笔，就像写毛笔字，你总不能说练毛笔字，就是想当书法家。我总是不太自信，说老实话，我一直觉得自己很笨。我不怎么愿意告诉别人我在写小说、写散文，老说自己在写，有些矫情，而且，我也不可能推广陈先生的处方，那是给笨人吃的药。我跟谁都没有讲，讲了也是很荒诞、很矫情的一件事，这又不是什么独门暗器。

我没想到自己最后会在写作这棵树上吊死。写些东西，和一门心思当作家，这绝对是两回事。写作是一种技能，人都得会一些，这就好比中小学一定要写作文。对于我来说，写作不神秘，作家也不神秘。我们家已经出了两代作家，我祖父名气大一些，父亲弱一些，对这俩作家我都略有所知，像方之、高晓声、陆文夫，他们经常就出现在我身边，你也看不出他们有什么出类拔萃的地方。我这人一方面没什么远大理想，一方面又狂得不知道自己是谁。我当时崇拜的英雄，是大学问家、有学问的人，是不写小说的。

2000年2月24日

漫谈现代文学

读研究生之前，我脑子里面根本没有“现代文学”这个概念。对我来讲，只有“中国作家”。我不能接受这样的观念，同样一个人，在一九四九年，他是现代作家，一九四九年以后，就不是了，变成了当代，凭什么？ 很长时间里，我是非外国作品不看。记得方之当年叫我写东西，我还跟他开过一个玩笑，这事我在中篇小说《日本鬼子来了》里也提到过，我说中国作家能写什么东西呀，他们写过多少像样的东西？方之当时哑口无言。

就算是茅盾和巴金，我也觉得他们写得不够多，不够好。这有些荒唐，因为我当时并没有看过多少。问题还在于，有些只是大学之前的阅读，非常不认真。这种阅读毕竟不是专业阅读，它有轻松的一面，也有不负责任的一面。读研之后，很自然的，必须系统地、规范地读书了。我也没想到自己会认认真真读那么多现代文学方面的书——自己也没想到会这样，因为我的阅读一向没什么目的，我不喜欢功利性的阅读。

要说对现代文学的兴趣，回想起来，在读研究生以前，唯一能看出些苗头的，就是读本科时我对现代史的强烈兴趣。我觉得读现代文学作品，对现代史的兴趣可以得到不少满足。我之所以乐意下工夫去弄现代长篇小说的年谱，还有那时候读旧杂志、旧报纸那么起劲，我想更多的是因为由此触发的历史感受，通过文学可以知道那个时代的许多人与事。整个研究生期间，我觉得阅读作品的兴奋点，更多的还是在历史这个方面。

要说现代文学作品对我创作的影响，我觉得并不大，甚至可以说没什么影响。非要说有影响，那也不是在创作手法上，从技巧上看，现代文学总体上来说是平庸的，还不如说是那些史料对我有些好处。直接令我受益的就是“史”，这个“史”分两种，一种是我看了很多资料、大量当时的杂志，甚至包括上面的广告，这些都是活生生的，让我身临其境；还有一种就是某个作家笔下的一些细节，有些很微不足道的细节对我后来的创作是很有意义的。

读研究生时我有个想法，我总觉得一百多年来，中国几代知识分子的历史让我入迷。我想如果有可能，我要反映这几代知识分子，构成一个系列。我觉得，章太炎、康有为是一代人，第二代是他们的学生，然后是鲁迅这一代，再后面是比鲁迅这一代小一茬的，接着是我祖父那一辈，最后是更小的一茬，到一九四九年前夕，可以有六代文人。我曾想以这些人为主角，构造出一部所谓的“史诗”小说——不一定当真写，不过一个醉心写作有抱负的人，不免会产生类似幼稚、狂妄的想法。这种想法我至今有时还会怀念，所以我现在有时写点掌故之类的东西，实际上还是在圆当年的梦，是当年的积累在起作用。

有一点很明确，我非常想了解这几代人，碰到与这兴奋点有关的东西就要搜集。我常有意识地比较这几代人，比较康有为和章太炎，比较梁启超和鲁迅，我对这些事都很投入。我脑子里更多地不是在想文学演变这个问题，而是琢磨历史的演变。这几代人为什么快速地颓败，一代不如一代？我一直想弄明白，为什么会一代不如一代。我们一直在讲进化，我觉得新文学的确是在进化，越来越好，三十年代好于二十年代，四十年代好于三十年代，但是就人的素质而言，这个"素质"是说人的学问、人的知识等，却是在急剧退化，一代不如一代，而且前一代人，往往是后一茬人无法比拟的。对于后一辈人而言，前一辈人就是厉害，不可超越，而且绝对是大师。比如说康有为、章太炎，对于后一辈的人，对于梁启超和鲁迅，就完全是两个级别，就绝对是大师。像梁启超，学问上再怎么折腾，也无法超过他老师，鲁迅也没法和章太炎比。当然，我只是指学问，而且是专指旧学。鲁迅的学问，和茅盾，和我祖父相比，又绝对不是一个级别。我祖父的古文，绝对与上一辈人没办法比，但再跟后人比，比如说跟曹聚仁比，跟沈从文和师陀比，那又是一个不可逾越的台阶。

就作家而言，作家得和作家比。让作家和学者比学问，这不公平，因此，我指的学问，不是说专门地做学问，只是指文化人的素养。做学问的，每个年龄段都可能有杰出人士，都可以有很好的专门人才，我指的不是这些。我说的整体的文化人，恰恰是我一直在感慨的一件事，有时候不能不感慨，过了这村就没这店，这没办法。我有时会似是而非地写些掌故，或是写些与学问沾边的东西，实际上是在反复唠叨这个主题。

喜欢的现代作家是有一些。不过作为总体，与自己喜欢的小说家的数量相比，中国作家要比外国作家少得多。钱钟书是一个特殊的例子，他太丰富了，值得你去研究，那是另一回事。相比之下，中国现代作家很少有像外国作家那样让我到如痴如醉的地步。因此，回过头来想想，我对新文学研究，还是出于对史的兴趣。

我一向对吴组缃的《一千八百担》印象比较好。我觉得这篇小说放在同时期的小说里，可以看出一个突然的语言上的飞跃，这一点好像没人提到过。《一千八百担》的对话非常精彩。鲁迅的小说令我印象最深的，是《在酒楼上》，也许与我祖父的影响有关，他一直很看好《在酒楼上》。这篇小说我看了很多遍，其中的两个小细节，一是葬小弟弟，一是买剪绒花，让我耿耿于怀。《一千八百担》让我知道精彩的对话就要这么写，要有好的台词功底；《在酒楼上》让我明白怎么处理小说主题，让我明白写小说应该对什么感兴趣。

现在想想鲁迅的文字对我影响倒不是太大。不光鲁迅，从文字上讲，现代作家对我影响都不大。汉语对我影响最大的我觉得还是译文。这一点上我深深赞同王小波的观点。我的语言风格应该说是从译文过来的。单纯从语言上讲，现代作家几乎没有一人对我有决定性的影响，如果有的话，只能是小小的局部，譬如刚才的小例子，像《一千八百担》中的对话。

谈到新文学作家，我始终对浪漫派喜欢不起来——浪漫派的小说，浪漫派的文字。我所说的浪漫派，不是一般传统意义上的，具体地说，整个创造社我都不喜欢，除了郁达夫的散文可以欣赏，他的文人气我可以接受之外，谈到小说，他们实在没有什么作品是我喜欢的。徐志摩的作品我反复看过，为什么很多人说他好，这让我很疑惑。人有时也会怀疑自己的眼光和判断力。最近我又把他的集子找出来翻阅，是二十世纪八十年代花城出版社出版的《落叶》，看了一遍，还是琢磨不出好来。也许是个人气质的关系，我喜欢沈从文，喜欢胡适，他们每次提到徐志摩都夸他，说到他都很亲切，也许他为人的确不错，有朋友缘。

我的结论都是从直接印象得来的，读者的直接感受，有时候没办法和学者的观点吻合。我这么说，倒不纯粹是机械进化论，因为新文学起点很低，一开始上升的空间很大。五四时期的东西，读多了就会发现，很幼稚，处理的都是些很简单的问题。夏志清说中国现代文学有一种感时忧国的精神，说这是最值得赞赏的，我以为这说法很狡猾，光说这一点，实际上也就意味着其他方面不行，艺术上没什么可取。

现在想想，现代文学一共就三十年，这么一点时间做得那么细，也是小题大做。当然眼下已把三十年当作一个整体了，有些浅显的道理，人迟早会明白的。不过我觉得也不能数典忘祖，不管怎么样它是一个发展过程，过程是无法省略的，这一点头脑还是应该清醒，前一辈人的努力不能简单否认。像鲁迅《在酒楼上》对主题的处理，巴金《寒夜》中两种爱的冲突，钱钟书、张爱玲小说中的思考，你在外国小说中也能发现，在阅读中，可能有个先后的问题，别人是先，我们是后。或许是因为外国小说给了我启发，我读中国小说可以别具慧眼，因此，说来说去，还是外国的小说更有趣，外国的月亮不比中国的圆，但外国的小说的确是比中国的好。

我想我的世界观，我的文学标准和尺度，都是外国文学作品给的。这很尴尬，却不能不承认。

2000年3月21日

有多少书可以重读

从写作的角度看，如果让我随口报五篇好小说，卡夫卡的《在流放地》、梅里美的《伊尔的美神》、福克纳的《献给爱米丽的一朵玫瑰花》、麦卡勒斯的《伤心咖啡馆之歌》，还有杜拉斯的《情人》，这些作品都值得精读，读一百遍有一百遍的好处。

短篇小说是发展的，从莫泊桑到契诃夫，再到博尔赫斯，一直在往前走，博尔赫斯以后，似乎还没有可以和他相提并论的大家。我指的是那种完全靠短篇建立名声的，谈短篇小说，博尔赫斯无法轻易绕过。他的某些小说可以让人产生阅读快感，而且，就短篇的技巧而言，是很好的课本。现代写短篇的人没办法避开他，他带来的是革命性的改变。

博尔赫斯与海明威和纳博科夫同年，他们当红的年代不同，产生影响的时期也不同。中国作家中，老舍和闻一多也出生在这一年，就成名而言，两位作家完全有理由和他们一搏。老舍和闻一多都在国外待过，按说他们应该有这样的底气。可是我们的文学中断了，不管怎么说，今天模仿博尔赫斯，总比模仿欧·亨利和莫泊桑好一些。有博尔赫斯作参照，写出来的小说不至于惨不忍睹，很容易及格。我在用词上一直比较犹豫，我觉得博尔赫斯教我们如何判断短篇小说的好坏，他提供了一种标准，一种尺度。这种尺度很重要，我现在判断小说的好与坏，里面便包含着博尔赫斯的教诲，譬如他追求的不确定性，譬如简单，一个作品的好坏还是有判断标准的，阅读和写作一样是种技巧。我觉得短篇小说越来越难写的根本原因，是好的短篇太多。太阳底下没有新事物，我们总是忍不住要叹气，时至今日，短篇小说还能怎么写呢？

中国作家的起点并不是很低。如果新文学正常往前走的话，也很可爱或者可观。博尔赫斯在二十世纪三十年代还没有冒出来，他的成名算是迟的了。我没做过研究，不知他的成名迟，是否和他是一个拉美作家有关系，他不是英国作家，不是法国作家，和中国作家一样，长期以来属于话题之外。今天的博尔赫斯火爆，某种意义上来说，也是沾了拉美文学“爆炸”的光。

高尔基与鲁迅的老师章太炎同年，比海明威他们这一茬人要大三十多岁，但是对世界文学的影响，一度却是同时的。高尔基的早期作品对中国没什么影响，他的走红与海明威扬名世界文坛是同步的，都是在三十年代，分别在各自的国度里达到巅峰。正是从这个意义上说，高尔基与海明威差不多同时影响世界。

中国古典小说很长时间里对我而言是个空白。《三国演义》《水浒传》是早就看过的，这是男孩子的书，《水浒传》很好看，就像《基督山伯爵》一样。《红楼梦》早先也翻过，没看下去。另外还偷偷看过《金瓶梅》，那是当“黄书”看的，也没悟出多大道理来。读大学三年级的时候，不知怎么的，突然对一向看不上眼的《红楼梦》入了迷。

当时是为什么入迷，现在也说不清楚。也许是觉得不看不行了，毕竟是念中文系，不读《红楼梦》非把老师气死不可。“三言”“二拍”过去也看过，原因很简单，那是因为里面有点性描写。我父亲曾经把“三言”“二拍”收藏起来，因为我们家有一套未删节的全本。我过去对中国古典小说没什么好印象，本能上总是觉得那不是好东西，不值得看，受了那么多的外国小说影响，当然不会觉得中国小说好了。与中国古代小说相比，还是读古文有些帮助，先秦散文、唐宋八大家、《史记》、明清小品，要比小说对我的影响大得多。在古文上，我好歹花过一些时间，《史记》读的是王伯祥选注的《史记选》，古代散文读的是人民教育出版社的三卷本《古代散文选》。看这一类的东西，大学四年，没断过。我觉得它们对我很有好处，我身上的那点可怜的传统，大都是这些作品给我的。

有些东西重新读，才读出些味道来。像话本《卖油郎独占花魁》，一开始是真不喜欢；像《杜十娘怒沉百宝箱》也不喜欢，后来重新读了，就发现确实有好的地方，这就是上大学的好处。像《儒林外史》没法说不好，从语言的叙述，到那种名士气，那种从容，足以让人学到不少东西。这本书和《金瓶梅》一样，都是教人如何使用汉字，我最初的汉字功夫，都是译文垫的底。

译文为我打了底子，是启蒙教练。我最初的汉语知识，是傅雷的译文教给我的，我曾非常顽固地认为，傅雷的汉译是最好的汉语言读本。换句话说，傅雷的译文与《儒林外史》是相通的，趣味上有相同之处。我得感谢傅雷翻译的小说，巴尔扎克的《高老头》《欧也妮·葛朗台》，那些译文使我第一次体会到语言的优美，这直接影响到我后来的写作。古文对我写小说帮助不大，对写散文帮助很大。我现在写散文，无形当中会流露出古文的一些东西。

读研究生的时候，我还找到一位古文老师，这个人是洪诚的弟子，我当时真迷恋古文，想正儿八经拜师学古文。我总觉得应该和别人有一段不一样的经历。我到中学里去讲课，让喜欢写作的人读些古文，那帮孩子认为我是疯子。他们和我大谈网络文学，我想我是太落伍了，就好像我上大学才看《红楼梦》，这让那些有文化的人很吃惊，怎么到这时候才看，这也是一种落伍。想读什么是勉强不了的，以前《红楼梦》就是吸引不了我，谁劝我看，我也会认为他的脑筋有问题。后来觉得《金瓶梅》真好看了，说明东西方作品已经开始兼容。这种好看与西方小说的好看不一样。西方小说可以直接提供一种框架、范本，还有影响世界观的形成，像雨果和托尔斯泰的小说。小孩子如果从《红楼梦》中获得对世界的认识，可能会很尴尬。

第一遍读欧阳修的《醉翁亭记》时，会觉得很奇怪，句子总是重复，用来用去就是那几个词。后来读出味道来了，他要的就是这效果。欧阳修是一代文章大师，他的《洛阳牡丹记》却是另一种味，《泷冈阡表》又是一种味。我一度对古文入迷，就是因为古文的类概念特别清楚，像《林纾选评古文辞类纂》。

现代作家中的散文家，周作人，对他恨也恨不起来，他是集大成者。沈从文的散文我也喜欢，像《从文自传》。鲁迅肯定跳不过去，还有朱自清，我喜欢他后期的东西。丰子恺、师陀的散文很好，郁达夫的散文也很好，像他的日记和游记，还有张爱玲和苏青。散文作者似乎要比小说作者强得多。

胡兰成不错，是个很坏的才子。说到姓胡的，胡适的文字非常好，包括学术论文。胡适其实很值得研究。林语堂当然也不错，他的小说我不喜欢。说到底，我还是喜欢周作人，我喜欢他那种从容的写作状态，拉开就写，说完就算，这是一种很好的自由境界。挤半天才挤一篇文章出来，总不是件事。周作人的写作是生理现象，这比较可爱，他属于那种写作欲望比较强的，一生好像在写一部著作，你甚至评价不出他的哪一篇文章写得最好。

读鲁迅文章的时候，你会觉得是在读一个伟人的作品。读周作人文章的时候，基本上没这种感觉，你就觉得在和他聊天，什么时候都可以停，什么时候都可以开始。他的作品和读者的距离消失了，不知不觉中你可以得到知识，也可能什么也得不到。但有时候你会发现，即使得不到知识你也想看，因为在这其中你可以感觉到一种阅读的吸引力。事实上，这一直也是我追求的一种境界。

如果每一篇文章都是地道范文，串起来你就感觉到是拿着一串珠子，一串大小完全一样的珠子，你会觉得很不舒服。周作人没有这样的感觉，他的文章每一篇都不一样，好像都是随意写的，读他的作品不会感到吃力。我看周作人写的序，其中破绽很多，都很随意，可能写多了，就达到自由境界了。破绽有时也会很好玩。他把生命的过程留下来了，这是一种很高的写作境界，一般人很难做到。

2000年5月2日

我的写作癖

根据我的习惯，写散文一向很轻松。写小说，是在写一个故事，它是在不断变化的，是在追求一种形式感或者别的思考和想法。而且写小说时，我总是会控制节奏，写得顺利的时候，或是写到了高潮，我会有意识地中断，停下来让自己冷却一下。我有种感觉，人在很激动、很冲动的情况下，会收不住笔。过去的小说有“且听下回分解”的法子，那是吊读者的胃口，我这么做，某种意义上可以说是吊吊自己的胃口。因为写到高潮，有时自己完全进去了之后，会噼里啪啦往下写，弄不好也就写糊涂了。我不知道，自己的这一招是不是有些类似布莱希特说的“间离效果”。反正写小说最好还是保持客观，我希望自己一方面要进入，一方面又不要太进入，这是我追求或者说是我喜欢的一种效果。

有人说我的小说有一种别样的风格，分析原因就是反高潮。到了高潮就不往下说了，乘胜追击是读者的事，再好的话也不能多说，要有节制。这可能与我的写作习惯有一定的关系，紧接着刚才的话题，小说写作通常是一种等待，我老在那儿等待，想等出最好的句子，最好的构思，最好的处理方式，所以我的速度基本上控制在每天一千字左右，想多写也可以，但是如果一天有挺不错的一千字，已经可以心满意足，人可别太贪心。写小说应该从容一些，对我来说，从容也有某种表演的性质，要知道，等待是很甜蜜的。

随笔则不同，想怎么写就怎么写，我现在给《收获》写的文章就属于这一类，随笔有一种随意，毕竟是我在玩票，用不着太当回事。记得萨特讲过，他写哲学著作比小说快，我完全相信。写随笔真是不大考虑形式问题，想写什么，下笔之前基本上已经通篇想好。写随笔与写小说最大的不同，在于写小说你不知道你会怎么写，故事会怎么发展，而写随笔你大体上已是了然于胸。所以写随笔，像《小说家》的那种，一篇三千字，状态好的时候，我花半天时间就可以完稿。我懒得为查资料花时间，我的材料和掌故功夫都是无心积累的，或者是因为阅读量的关系，或者因为受过的专业训练，写人物闲话这一类的文章，对我来说，实在是太轻松。我写小说从来没有提纲，当然这是指过去。现在有点狼狈了，为什么狼狈呢？因为过去写小说只要有个想法就行，一旦开始写了，就义无反顾地向前挺进。即使有点小提纲，一部长篇有一张小纸片也就足够。也许根本就算不上什么提纲，只是人名篇名之类。这两年有点小变化，写长篇时想到后面会有什么小细节，会记下一两句做个提示。过去绝对用不着，写到那儿，很自然地就会冒出来。现在不记下就会忘掉，这是潜在记忆力的衰退。我觉得写作的记忆是一种潜在的记忆，说不清道不明，所谓写作，不过是你以为你可能会这么写。

作品的命名对我的确很重要，“名不正，则言不顺”，此话不假。对我来说，篇名不是等待的结果，而是意味着等待的开始，没有一个好名字，我就不知道该怎么开始。脑子里面常有一堆小说名字放在那儿，我知道这些小说迟早要写，很多情况下我不知道这小说要写什么，但是如果有个好名字，迟早都会写。在名字上我还有些莫名其妙，有些名字我知道可以容纳一个长篇，有的名字就是个中篇，有些则是短篇的名字。比如说当年写《艳歌》，我就觉得“艳歌”二字可以写成一个很不错的中篇。说到个人习惯的话，我常对一部作品的好坏没有把握，没有感觉，因为任何一个搞写作的人都是如此，写之前以为出来的必是个好东西，而实际结果都是失败。我想这一点是毫无疑问的，写作就是不断地面对失败。

对于写作我最有把握的就是字数了。不论是长篇，还是千字文，我的估计基本上是不会错的。我想以后的研究者会发现，我的千字文就像是用模板做出来的。在老式电脑上，有一个字节数是经常出现的，就是 2 048，2 048 个字节相当于一千个汉字，因为两个字节算一个汉字，除去标题、作者名、落款，差不多正好。这样的小文章不是一两篇，有很多篇，我自己都觉得荒唐。我若是想写一万字的短篇、三万字的中篇，误差不会超过两百字。这是写作观念的问题。写作本来就是可长可短的，有话则长，无话则短，但这只是一般规律。事实上，无话也可以长，有话也可以短，关键在于如何控制。

余斌说我写作时的怪毛病不少。比如说对写作环境的要求，我总要在一个比较封闭的地方才写得了，甚至在很长一段时间里面，写作和找房子是联系在一起的。我就像只要下蛋的母鸡，急着找个地方把蛋下下来。写作就像是下蛋，下蛋得有个窝。记忆最深、对我伤害最大的，就是很长一段时间里没有一个地方能让我安安心心写东西。我总是很狼狈地到处借房子。对于我来说，这种事是不断重复的。好不容易借到一个地方，然后逐渐适应，带上“热得快”，带上录音机，要让我有正常写作状态很简单，有水，水就像汽油一样，没有茶水我无法工作，有音乐，古典音乐、流行音乐都可以，再加上没有人打扰，我就能写，就能源源不断地写下去。

很多作家都有一些个人习惯。有时候它是某种暗示，有心理暗示的一面，当然，也有故意纵容的一面。比如说抽烟，拿我自己做例子，我对抽烟实际上没感觉，苏童一提到我抽烟就当笑话讲，他觉得我抽烟是对烟民的一种讽刺。抽烟对我来说更多的是个仪式，我只是觉得可能会对我写作有所帮助，事实上很可能一点用都没有，但仅仅是一点可能性我就会抓住不放。可能有所帮助，这对我的心理暗示非常巨大，比如多喝水，比如不能被人打扰。实际上排除干扰也是一种能力，写作一方面让我如痴如醉，另一方面会让我产生一种很强烈的逃避心理，一旦被打扰，我就会觉得自己状态不行了，就会找到一个借口，趁机逃避。所以一方面就像跑百米一样，我希望保持最好的状态；另一方面，如果来了个人，我想现在干活已不在最佳状态了，还写它干什么？

作家有时越写脾气越大，越写越理直气壮。这并不是成功造成的，而是因为干了这么多年，习惯了，习惯就是习惯，它常常是用错误来证明自己没错，用没道理来证明自己有道理。我的习惯在我看来，有一些即兴成分，还可能有些神经质，这也是我实际写作速度不快的一个重要原因。很多人都说我是多产作家，说我高产，真是误会了。我不过是能坚持不断，天天写一点罢了，而实际的效率并不高。或许正因为效率不高，只能以勤补拙，过去有句老话叫“不怕慢，就怕站”，写作说白了，就是一种日积月累。我成专业作家已经十年，大约每年能写三十万字，除了逢年过节，我的写作基本上都没有中断。即使是碰上世界杯，碰上眼下正如火如荼进行的欧洲杯，虽然会有些影响，但只要在家，我仍然会天天写。

我写作不用停顿，写完一篇接着就可以写下一篇，中间不需要休整期。而且在一个长篇完成之后，反而会写得非常快，这时候会出现一些奇迹，要是写千字文的话，往往一个小时就好了，而且挥洒自如。在一个长篇写完以后的几天，我所谓的调整就是每天写一两篇千字文。

每天什么时候开始，什么时候结束，都是预定的。用大白话说，写作就是每天必须写多少时间写多少字。也很奇怪，基本上，我预定的字数到了，时间也就到了。我关心这些甚至远远超过关心写得好不好，我并不太在意写得好不好。

在这点上，我跟工人和农民没有两样。晚上熬通宵对我来说是不可能的，我会老惦记着没时间了，茫茫黑夜充满了恐惧；而早晨开始写，我会觉得一天刚开始，时间充足，前途光明，只管往下写好了。

2000年6月20日

作家永远是单数

有一段时间，我很关心文坛，那是二十世纪八十年代中期，研究生刚毕业，在出版社当文学编辑，这种关心与职业有关。除了这一特定时间，无论读本科，还是读研究生，当代文坛基本与我无关。换句话说，我一直不太关心当代的创作，虽然我早就开始断断续续地写了，但这完全是独立的行为。

当了编辑以后，我开始有意识地注意当代作家，那段时间看了不少作品，对当代走红的作家开始有一些初步印象。八十年代中期我对两个作家的印象比较深，一个是阿城，一个是莫言。阿城的《棋王》给我留下非常深的印象，我喜欢阿城小说精致的那一面，或者更直接地说，是他文字的精致，不光是小说，小说之外的文字也很精致，精致一直是我很向往的。与阿城的精致完全相反，莫言是八十年代的作家中最具创造力的作家。这特别令人向往，我一直觉得小说中应该表现出这种力度。莫言的中篇小说《爆炸》我看了好几遍，到现在有些情节仍然记忆犹新，一个男人为了离婚，带他的老婆去打胎，写得很奇妙。还有《欢乐》也很不错，不管是用词还是其他，都非常放松，极度放松。那种旺盛的精力，那种按捺不住，和精致在某种意义上正好是相反的。阿城是拼命地节制，莫言是拼命地放纵。我觉得写作总是在两极上比较愉快。反正两人的长处都是显而易见的，我希望自己能有莫言的放纵，就像希望能有阿城的精致一样。

余华和格非我很熟悉，当然最熟悉的是苏童。这几个人彼此都是好朋友，同时还有个特点，地理上的“吴越”可以把他们都包含进去。格非是镇江人，苏童是苏州人，余华是海宁人，都在长江下游这一小块地方，大家生长的环境差不多。也就是说，他们有非常相近的地域文化背景。还有一点，走上文坛的时间也差不多，评论家常常有意无意把这几个人放在一起说事。

作家都应该是一个人，作家永远是单数。如果一个作家仅仅是靠和另外几个作家名字联在一起而存在，那是件很煞风景的事。我愿意提起他们，并不是这几个人名字常被放在一起，我想更重要的是，有了一些接触之后，我们发现彼此在为人和性格上都有一些接近的地方。当然也包括文学趣味、文学观念上的志同道合，如果我不喜欢他们的作品，所谓的友谊便会大打折扣。

我和余华第一次见面很有趣。那次是和苏童一起，与余华约好了在上海车站碰头，然后去见一个台湾的出版商。苏童此前和余华见过一次面，印象不是很深，而我是根本没见过。苏童印象中的余华，只是“个子不太高”，上海火车站人海茫茫，“个子不太高”的人太多了，结果我们站在那儿，一旦看到有点“形迹可疑”的，就冒冒失失地喊一声：“余华！”喊了一次又一次，前后总有一个小时，被喊的人没一个有反应，最后觉得这种做法太蠢了，只好放弃。我们直接去了台湾人住的酒店，在酒店门口，正巧碰上余华。我们做的第一件事，就是向他描述刚刚在火车站的愚蠢行为，大家傻笑了半天。

其实余华也有糊涂的时候。有一段时间，他给苏童打电话，经常串到我这边来，总是一开口：“苏童——”，我说我不是苏童啊，那边就说：“噢，兆言，兆言，我又打错了。又打到你这儿来了。”然后就是一连串的笑声，大约号码本上我和苏童写在一起，他老拨错。

有时你想见一个人，有时不想见一个人，实际上是有先入之见的。心有灵犀一点通，有些话用不着多说。举个例子，父亲去世后，我写了篇散文《纪念》，余华看到后立刻给我写了一封很短的信，就一两句话，大意是文章写得真好，可惜太短了。信很短，就一句话，非常简短的一句话，但是你能感觉到他要表达的意思。说“知音”这类的话太俗气，但是确实有“心有灵犀”的感觉。许多事情尽在不言之中，其实我们之间也没有过所谓的“畅谈”，比如谈小说如何如何，好像作家同行在一起，即使像我们这样的关系，也很少在一起议论文学。碰了面都不知谈了些什么，话似乎也说了不少，但也没什么要紧的。至少从我这一方面讲，能有这样一个朋友，挺好。

这些关系比较近的作家，对他们的作品也是看的。余华的东西出来了，总得看看，看了也就看了，其实以后碰在一起，未必会和余华谈他的小说。拿到苏童和格非的作品也是一样，我都会翻翻，就算是对朋友致敬吧。余华的《许三观卖血记》是我读得最认真的，那时我正好比较闲，好像是刚完成一部长篇。有时候我正忙着，杂志上有他们的东西，也就马马虎虎地看几眼。当代作家的作品我其实看得非常少，尤其是真的以作家为职业以后。看得少的一个最主要的原因，还是可以看的东西太多了。我平常的阅读量很大，小说甚至文学只是我阅读的一小部分。

我想余华是这几人当中最聪明的一个。吴越有别，越人和吴人还是有所不同的，我曾经跟苏童开玩笑说，如果是战争年代，余华也许能成为一个将军，如果下海可能会成为一个很厉害的商人，我们这几人中大概也只有他能下海。他的聪明绝不是其他几个人能望其项背的。

我举个例子。比如下棋，我们有次去海南，他和王干下围棋，王干那段时间下棋很认真，不时看看棋谱，自我感觉颇好。一盘棋下来，王干赢了，连声说余华不行，水平相差太远，没办法跟他下。余华红着脸一声不吭，接着下第二盘和第三盘，居然就把王干打败了。王干输得没脾气，说余华太厉害，下围棋现学，棋艺长进那么快，实在少有。

认识格非似乎还在认识余华之前，是一起到山东去领奖。他是半夜到的，在车站的草地上睡了几个小时，第二天一早才赶到宾馆来。因此，我们见到他时是一副狼狈憔悴的样子。我和格非见面的次数很多，主要是开笔会。有一次，一个月内竟然连碰三次面，见了面彼此都觉好笑，都说，又碰到了，都烦了。如果我们四人同时都参加某个会，通常是苏童和我一个房间，余华和格非一个房间。

说到小说反响，最有人缘的当然要数苏童。我想这不仅仅是因为电影，虽说电影是一个很重要的原因，但我想这与他小说的抒情性有很大关系。苏童的小说通常是抒情的，尤其是短篇，那种童年视角，那种纯真。苏童的纯真和余华不一样，余华的“真”很冷酷，甚至是残酷。苏童的小说却是一个脑子有点问题的少年，带点梦幻色彩看世界。我对苏童曾有过一个形容，他的故事五颜六色地镶在玻璃球里面，你看得很清楚，想接近却接近不了，玻璃球在转动，里面的色彩便跟着变化。所以苏童的小说很有魅力，这两年余华的小说也开始火爆起来，从商业角度来讲取得很大的成功，但是就人缘而言，至多就和苏童打个平手。

如果把二十世纪八十年代末到九十年代的作家构成一个代的概念，和一九四九年以前的那一代作家相比，做一个整体评价的话，我觉得从八十年代中期开始，小说文体、小说语言，都有一个巨大的进步。这种进步是普遍水准的提高，不仅仅是某一个人或几个人。所以今天的作家既幸运也很不幸。像吴组缃那样的文字，在三十年代很出众，摆在今天不说寻常，起码是不难得。普遍水准高了，有突破的作家也就相对减少。不管怎么说，现代汉语已经进步了，有些老作家讲年轻作家的文字基本功不好，我不知道这是针对什么而言，如果是指小说语言，我觉得这不是一个真实的评价。

对当代的作家而言，文字技巧已不是大问题。说谁语言好，不能算是好的评价。我们这一代作家面临的最大难题，是还能写出什么新的玩意来，是还能无中生有制造出什么东西，关键只是在这里。文学说到底，是看创造力。

2000 年 7 月 15 日

砚田的收入

二十世纪九十年代初，我在台湾出了第一本小说集，以后又接连出了十多本。稿酬是美元，一本书一千六百美元订金，当时工资是二百多元人民币，兑换比价差不多一比十，手上捏着一万多美元，对于一个穷惯了的小说家来说，俨然像个小富户。

有一天，伯父从北京来，母亲告诉他我拿了十多万美元。伯父很吃惊，觉得这是个天文数字，我连忙笑着解释，母亲弄不清楚比价，已经换算过了一回，应该相当于十多万元人民币，不能再乘一个十。那年头，真有十多万美元，都可以买最高档的花园洋房了。

一转眼过了快二十年，台湾出一本书，仍然还这价格，还是一千多美元，比价掉了许多。在香港出书，更是丢脸，基本上等于不给钱了。粗粗一算，二十年前一本书的收入，相当于五六年工资，现在呢，连两个月都不到。这个起码可以说明台湾和香港的现实，日子越来越好过，经济越来越富裕，文化人的收入并不乐观，还是老样子。

在内地也这样，二十世纪八十年代，发表一短篇小说，相当于普通人两个月工资。当时收入差别很小，还没有贫富悬殊的问题。现如今发表一个短篇小说，基本上是工薪阶层的一周收入。根据国家稿费标准，千字五十到一百,一个短篇也就七八百元。当然，每人的情况会有些不同，我说的是普遍现象，是通行的标准。如果《小说月报》还能转载，还能收到别的集子里，还能出书，当然还会再有点收入，不过肯定有限。

在信息时代，总会见到一些吸引人眼球的数字，譬如某作家的一本书，拿了上千万元稿费，拿了几百万元预订金，卖了多少钱的版权。不想说这些都是假的，有水分却是一定。我的一部长篇就有拿了百万大奖的报道，都看到了这条错误离谱的新闻，相关的辟谣和更正，基本上没人注意。

当代中国作家谈不上穷，谈不上富，这很正常。二十世纪八九十年代，写写小说就挣了不少钱，反倒有些异常，不合国际惯例。让市场来决定，听上去残酷，毕竟更公平。避席畏闻文字狱，著书都为稻粱谋。旧时读书人以文墨维持生计，把砚台叫作砚田，不过是混一口饭吃。鸟为食亡，人不为财死。“非诗之能穷人，殆穷者而后工也”，所谓穷而后工，只是一种说法，也是一种高调，其实不穷不富，才最适合写作。太穷了，成天忙于生计，没办法写。太富了，掉在钱眼里，也写不好。

女儿曾经问我，当初开始写小说，有没有想过稿费。我说没有，这个是真的没有，糊里糊涂地就写了。女儿又问，如果有一天没稿费，还会不会写。我说当然会写，只要还有一口饭吃，还会写，唐诗宋词没拿过一分钱的稿费，不是照样写出来了。

2010年4月27日

“追星”外国文学

对于外国作家，中国的读者一向是有一种“全球化”的眼光，不同的时代，不同的国家，一个外国文学的概念就可以概括。外国文学是一面巨大的书橱，就在你面前，你像检阅军队一样浏览着它们。我读得很乱，站在这个巨大的书橱前，不经意地抽出一本，又抽出一本，用的是蚂蚁啃骨头的精神。要说影响的话，可以分成自己写作前后这么两段，时间不同，影响也不同。

雨果和高尔基可以算我阅读的初级阶段，都是在读中学的时候，印象很深的就是读《笑面人》和《九三年》，我对《九三年》简直是如痴如醉。现在想起来都很好笑，一边流眼泪，一边在抄。我现在做梦，仍然还会梦到那个最后的辉煌场面，郭文高傲的头颅被按在断头台上，痛苦不堪的西穆尔登拔出手枪，用一粒子弹洞穿了自己的心脏。那是一个可以让孩子放声痛哭的壮丽场面。

我想书对人的影响可以分成两类，一种是道德文字，它让你产生一种崇高感，在中学时代，有些作品是特别有魅力的，譬如《牛虻》，譬如《复活》。看了《复活》以后，你会产生一种犯罪感，你会发现人原来是天生有罪的，然后就会产生赎罪的渴望。我记得中学时代，老是做这种梦，老觉得自己负了谁谁谁，莫名其妙地有一种犯罪感，而后总觉得要以自己的一生去赎罪。

故事好也是很吸引人的。譬如我看过两个版本的《斯巴达克斯》，一个是意大利的，一个是美国的，我不觉得美国的差，也很精彩，当然并不是因为它被拍成了好莱坞电影。另外还有《基督山伯爵》，类似这种传奇性的故事，对我很有吸引力。包括《第七个十字架》，让人紧张，这样故事性强的作品我读过一大批。道德文字和传奇色彩这两种东西，也许在年纪小的时候，最能吸引人。此外，还有名著情结。名著大多是在比我懂一些的人指导下看的。比如我祖父说《战争与和平》好，而后我就会去看《战争与和平》，说巴尔扎克好，我也就去看。像这样的阅读，也能得到乐趣，因为人总有“向上”之心，总要武装自己。

读世界名著，也有一点附庸风雅的味道，二十岁，也许不到二十岁，读了一大堆东西，可以到处卖弄。我到处和别人说，父亲不让我看书，他一度对我严加防范，其实我只说了一面，我读书还是得到鼓励的，这当然是指名著。父亲的禁书标准也是随风气而变，一般地说，喜欢读书，家里人便会觉得不太坏，总比到外面闯祸好。

我的所谓闯祸，也就是读些禁书。禁书情结与名著情结有相通的地方，名著是别人可能没看过，禁书是别人可能看不到。有段时间，读禁书是我的一大乐趣。那时禁书很多，譬如“黄皮书”，这是我阅读探险的一大发现。“黄皮书”大约是六三年出版的。除了萨特的《厌恶及其他》，光是苏联的就有《日瓦戈医生》《带星星的火车票》《感伤的旅行》，还有爱伦堡的《解冻》等。

大约是一九七四年底，有人带了一本《曼娜日记》给叶三午看，那时候，我们正在凑自己喜欢的一百本世界优秀小说。三午说，这手抄本你绝对不能看。他把这本书藏在床褥里，夹在两层棉花胎中间。可是他缺乏做地下工作的经验，趁他出门，我用飞快的速度，看完了这本手抄本。

海明威对我来说，曾经是那么重要，当我的外语水平达到能读一些原著的时候，最初读的就是《丧钟为谁而鸣》。我最初写小说，有不少地方都是模仿海明威，包括一开始瞎写的一组小说，都用一个人名，这就是学海明威，“尼克·亚当斯”的故事，让我获益匪浅。

初学写作时非常轻松，以为模仿海明威就可以无穷无尽地写下去，总有东西可写。而且这样的东西在当时发表的困难很大，太大了，也就索性不受发表的困扰。海明威让我明白，话得一句一句地说。他的小说还提供了许多尺度。叶三午曾对我说过，你看海明威，什么都说了，什么都没写。这话我印象很深。很长一段时间，包括到现在，在写到性爱场面时我都会想到海明威，想他会如何处理。我以为他在写性爱场面上非常典雅。后来我渐渐地不喜欢海明威了，但作为启蒙，作为写作方面的老师，他给我的影响要超过其他所有作家。他是给我的写作打底子，教我如何行文、如何点题的老师。

也许是受家庭的影响，除了海明威之外，我脑子里面总有个概念，要写短篇，就该学契诃夫。一开始我很混沌，对契诃夫的小说怎么也喜欢不起来，像《变色龙》《小公务员的死》之类，至今也不认为是好小说。契诃夫是从一个三流作家，靠自己的努力，逐渐成为一流作家。他让我明白写作不一定要很急，不一定非要一下子就达到什么样的高度。契诃夫和沈从文给我的启发是一样的，他们的共同点，是写作姿态都很低，这对我有利，了解这一点会感到很亲切。还说契诃夫，读多了我觉得他的好东西是剧本，《樱桃园》《万尼亚舅舅》《三姊妹》，当然还有《草原》等。

契诃夫很长一段时间不被认为是主流作家。他的情形与高尔基相反，高尔基是一下子就走红。我喜欢高尔基的浪漫，像丹柯举着自己的心脏当火把，我觉得很美，可能与阅读的年龄有关。高尔基有非常扎实的写实底子，他的《在底层》，特点是故事非常奇异。要说我有什么小秘密的话，那就是偶尔看些剧本，这对写作的帮助是非常大的。剧本有太多的限制，玩不了花活，做不了假，因为对话是躲不过去的。

索尔·贝娄和辛格获得诺贝尔奖也就相差两年，而且时间对新时期文学非常重要，是一九七六和一九七八年。他们的作品流行是合情合理的，这样的阅读对我自然很重要。一个喜欢阅读的人，绝不会轻易放过他们，特别是已开始写点东西，我已经知道一些写作的甘苦，与过去读小说的态度有点不一样的时候。过去是狼吞虎咽，现在知道品味。读辛格是在大学二三年级，还记得当时在《外国文艺》上读过一个短篇《女巫》，有很长一段时间我一直注意搜集他的作品，凡能找到的都会看，看了有一百万字左右。索尔·贝娄也是必须要看的作家，比如《赫索格》《挂起来的人》《洪堡的礼物》，关于《洪堡的礼物》，我还和李潮开过玩笑，说他就像洪堡，而我就有点像小说中的西特林。

看米兰·昆德拉的时候，我好像年龄也到了，已经不再激动，不再追了。这之前，总摆脱不了一种“追星”情结。阅读上我一直是贪得无厌，最近我还把君特·格拉斯的三部长篇都买了回来，虽然冷静多了，未必会细看，但还是难免“追星”，恶习难改。

福克纳当然不能漏掉了。福克纳是个很“可恶”的作家，因为读了他，我就对海明威“忘恩负义”了。为此我还和苏童吵过一架。原先海明威差不多是我的偶像，后来因为福克纳，我宣称海明威不算好作家了。苏童听了忍无可忍，说“你凭什么说海明威不算好作家”，说时很激动。福克纳的《献给艾米丽的一朵玫瑰花》我看了不下二十遍，我觉得阅读有时候就像学书法读帖。

一个美国作家大可不看中国作家的东西，东方作家——不光是中国人，日本人也是如此，谷崎润一郎、芥川龙之介——他们都是学外国文学的，都是学外语出身。我说新文学对我影响不大，原因也就在这里——你都能找到它的源头。中国作家是开放的，各个国家、各个时代的作家的成果都吸收，来者不拒。

马尔克斯算是对我有“长效”影响的一位。他的《百年孤独》，读十遍都是必要的。因为要搞懂中间的两个体系，就很要费点脑筋，就像要弄明白《红楼梦》的谱系一样，不下工夫还真不行。《百年孤独》和《霍乱时期的爱情》，我都读得很细，这两部书的结构在我脑子里非常清晰。

从短篇小说来讲，博尔赫斯无可挑剔。尽管莫泊桑在短篇上算是一个里程碑，但我愿意从他这儿跳开。我喜欢的短篇小说家，应该是契诃夫，还有毛姆和吉卜林，这两人其实可以归为一类，都是异国情调，接下来是海明威，然后是博尔赫斯，我觉得这些人的作品都是经典的，不读他们的名篇是不对的。

阅读多了，你会知道写的人会在什么地方用心，你会知道一些写作者的底牌，甚至包括原创者的底牌。你就会知道，最好的东西是创，好比无中生有，这是最好的。

2000 年 4 月 5 日

外国文学这个月亮

作为一个中国作家，我能有今天，琢磨缘由，毫无疑问是外国文学催化的结果。可惜我只能看翻译作品，这始终是心里不大不小的一个疙瘩，因为无法享受阅读原文，感觉不了原汁原味，想到就沮丧，就垂头丧气。有人说起我的作品，认为中国文学的传统马马虎虎还说得过去，但他们不知道连这点可怜的传统，其实也是从翻译的外国文学那里获得的。看来，我注定只能是个把玩二手货的家伙，王小波曾对王道乾的译本表示了极大敬意，我心目中也有一批这样的优秀译者，譬如说，在下学习写作的最好语言读本，一度就是傅雷先生翻译的巴尔扎克的作品。

很多年前，《译林》杂志搞庆典，要求谈谈与它有关的话题，我胡乱地说了几句，标题就是“外国文学这个月亮”。限于字数，很多话没有说清楚，因此今天不妨再多说几句。喜欢阅读外国文学的朋友，都会有这样的感叹，且不说人家的好东西，不说那些高雅的精英文化，不说那些阳春和白雪，就算是畅销作品流行小说，就算是那些通俗的下里巴人大众文化，也比我们的国产货强得多。“外国的月亮圆”通常是一句骂人话，有洋奴之嫌，有不爱国之疑，可是，我是说可是，外国文学这个月亮，它确实要比中国的圆。

长期以来，我一直是《译林》的读者，喜欢翻阅这本刊物。朋友们在一起聊天，谈到一个奇怪现象，这就是同样属于通俗文学作品，外国的中国的也有着截然不同的品格。中国的通俗文学，常常恶俗不堪，外国的通俗文学，却时时可以带来阅读的惊喜。崇洋媚外是一种要不得的情绪，不过，是人就难免喜欢好东西，所谓见贤思齐，这又是一件没办法的事情。很显然，外国的通俗文学和大众文化中，也存在大量垃圾。不由得想到曾经的中国足球教练米卢“态度就是一切”的名言，这或许是最直截了当的解释。我想大家见到的外国流行文学，许多都是已经被过滤和筛选的文字，既然不能品尝原汁原味，我们只能被动地坐在餐桌前，只能无奈地把选择权交出去。应该好好感谢那些从事文学翻译的译者，感谢那些专门发表外国文学作品的刊物，是他们和它们帮读者节省了时间，提高了效率。还是回到“态度就是一切”那句话，通俗文学和畅销小说并不意味着格调低下，关键是以什么样的态度去对待。在阅读过程中，我们看到了许多精彩的小说，这种精彩是因为别人付出巨大的劳动。换句话说，有一批很认真的外国文学工作者，兢兢业业披沙拣金，并不是说外国的通俗文学就一定好，外国的月亮就一定圆，我们之所以会产生错觉，仅仅是因为译者和编者的眼光独到。

我们恰恰因为别人的态度端正而坐享其成，研究外国文学的学者专家告诫我们，优秀作品总是占少数，或者说是极少数。在过去的这些年，我偶尔也会非常认真地关注一些国外的流行小说，譬如《廊桥之梦》，譬如《挪威的森林》，譬如《朗读者》。流行不一定是坏事，有阅读经验的人都明白，有发行量的未必是好书，但真正的好书最终还是会有发行量。任何一本世界名著都一定是流行读物，只不过在时间上可能有些错位。没有流行的支撑，所谓的名著都不会靠谱，我们说到某某世界著名作家，说到诺贝尔文学奖，说到龚古尔奖，说到布克奖，其实已经在向流行举手致敬。我们说到卡夫卡，说到乔伊斯，说到胡安·鲁尔福，说到雷蒙德·卡佛，说到他们写作经历中的种种不幸和寂寞，不过是在赞赏另外一种晚点到达的辉煌，因为这些不幸遭遇，只是一种流行迟到的铺垫，只是文学后生们的励志话题。

关于外国文学，我已经写过很多文字，在当代的中国小说家中，恐怕已是这方面文章写得最多的人之一。我实在太老实了，唠唠叨叨地说了许多，把自己向洋人学习的经历老老实实地都交代出来。古老一点的作家，像莎士比亚，像塞万提斯，像歌德，稍稍晚一点的巴尔扎克、雨果、陀思妥耶夫斯基、托尔斯泰、高尔基，再近一些的美国作家和欧洲作家，我都写过篇幅不短的文字，因此想在这些话题之外，再说出些什么新鲜玩意真不容易。一说到外国作家，我就有些卖弄，可以轻而易举地开出一大串名单出来。有一年在贵州的一家宾馆，和作家韩少功、何立伟一起聊天，大家说起看过的外国小说，都感到很吃惊。仿佛革命党人回忆地下工作往事，我们发现在过去的岁月，在这方面的阅读量真是惊人，原来我们都是喝外国文学的奶长大的。

记得刚上大学的时候，老师给我们这些新生开过一张中文系学生必读书单，上面罗列的文学作品中，中国古典作品我有许多还没读过，要求阅读的外国文学部分，差不多全知道，我读过的起码要比这份书单多上十倍。很显然，以后的中国作家，恐怕再也不会有我们这代人的奇特经历，在你的青少年时期，你不用面临高考，根本就不需要文凭，你有着大把大把的空闲时间，没有电脑，没有手机，也没有电视，阅读小说就像偷偷地与情人相会一样快乐。同样的话我已经说过无数次，在今天，阅读文学作品常被当作汲取营养，是中文系学生的基本要求，是文化人装点门面的普遍素质，你做好了准备要当作家，要混文凭写论文，而在过去的年代，我们疯狂阅读，仅仅是因为无聊，因为没事可做。无聊才读书，我读外国小说最多的年头，不是上大学读本科读研究生，不是开始写小说准备当作家，而是在上大学前，说起来荒唐，还真得感谢“文革”十年，都说这十年是文化的沙漠，是最黑暗的年月，我却有幸而且很从容地在很多时间里，躲进外国文学这个绿洲。

德国人顾彬说起中国当代作家，口气十分不屑，他说他们不懂外语。言下之意是中国作家就算是看过几本外国小说，也都是靠别人的翻译，二手货作不了数，不可能领略到欧洲文学的精华。这番话一针见血，戳到了中国作家的痛处和软肋。根据这个标准，中国现代文学作家中的大师，譬如鲁迅，譬如巴金，譬如茅盾，他们创造的成绩必然是文学后生不可能逾越的，因为我们不能像他们一样阅读外国小说的原文。顾彬的观点在中国很有市场，虽然理直气壮，可惜似通非通，隔膜得厉害，难免有蒙人之嫌。首先，我们的文学前辈外语水平本身就十分可疑，能翻译可以阅读距离精通之间，还有着相当遥远的路程。其次，对外国文学的了解程度，与是不是一个好作家，根本没有必然的联系。如果仅仅是说了解，说句不太客气的话，我肯定比几位大师了解得多。

德国的歌德和美国的庞德都号称中国通，都喜欢卖弄他们的中国文学知识，事实却是，他们的了解几乎为零，所谓的东方神秘元素完全莫名其妙。从世界文学的大格局看，作为发展中国家的中国作家，对外国文学的了解，远比他们的国外同行知道得多。在中外文学交流上，始终存在不对等，一个外国作家对中国文学毫无了解理所当然，一个中国作家，他要是说自己不看外国小说，没有受到过外国文学的影响，那一定是在骗人。我们都生活在外国文学的阴影下，外国文学这个月亮不一定真的大，可是它始终挂在中国作家的心中，始终在中国文学的天空上闪耀。

德国的哥廷根大学十分有名，诗人海涅、童话作家格林兄弟、一九〇七年的诺贝尔文学奖得主鲁道尔夫·欧肯，就是这个学校的学生。据说君特·格拉斯与哥廷根大学也有相当深的关系，有材料上说他出自这所大学，有的介绍又说不是，结论到底如何，至今弄不明白，然而在哥廷根街头，确实耸立着他的雕塑。我有幸在这座美丽的大学城待过一个月，和那里的大学老师以及当地作家们多次聊天，出乎他们意料，一个来自中国的作家，完全可以与他们侃侃而谈欧洲文学。他们吃惊我居然还知道一位叫茨威格的德国作家，因为这个人很多德国民众都已经不知道了。

我说起了茨威格小说中的一个场景，有一段文字非常精彩，作者通过赌场上一系列手的动作描写，男主角的形象跃然纸上，入木三分。我父亲和祖父都曾对我说起过这个细节，它确实很出彩，有着很高超的技术含量，对学习写作者非常有帮助。德国的同行们惊呆了，他们想不明白，为什么茨威格这样一个在他们看来并不太重要的犹太作家，会在遥远的中国有那么大影响。我告诉德国同行，在作为中国人的我看来，茨威格的影响还不只是他的小说，小说之外的东西有时候会更重要。事实上，我更在乎他对死亡的选择，这是一个非常值得思考的问题，为什么一个已经从纳粹魔爪下逃脱的犹太作家，最后要选择以自杀的方式告别人世呢。

在中国作家眼里，名著都有一种神圣的意味。很少会有一位中国作家像托尔斯泰那样猛烈地抨击莎士比亚，在世界名著面前，中国作家不仅保持了足够的虚心，而且显得非常世故。名著就是名著，尤其是外国文学名著，不能顶礼膜拜，就得敬而远之。我告诉德国同行，歌德小说在中国的影响远比想象的还要大，我告诉他们曾经有过多少种译本，有过多么大的发行量，这些都是我在出国前做过的功课。歌德作品译本之多和发行量之巨大，曾经让我目瞪口呆，现在，把这些数字说给德国人听的时候，他们也只能和我一样地惊呆了。仅仅在二十世纪八十年代，《少年维特之烦恼》就在中国印了一百多万册，前后译本不下二十种。

外国文学始终是中国作家心目中的高山，前辈作家就是这么教育我们，我们也忍不住用同样的语调告诉后来的作家。世界文学是所有学习写作者的共同财富，有着取之不尽的营养，俗话说取法乎上，优秀的外国文学就是最好的榜样。具体地说起外国文学对我的影响，不外乎名著和禁书。当然，这里说的名著和禁书并不对立，它们很可能就是同一种东西，只是在不同历史时段，有着不同的名称。在“文化大革命”中，几乎所有的名著都是毒草，因此它们差不多也都是禁书。不过这些毒草很快就悄悄地开禁了，人类社会经常会是这样，官方有一种标准，民间另外又会有一种标准。“文化大革命”从来就不是铁板一块，除了那些最激烈的年头，也就是“文革”刚开始那几年，外国的古典文学名著一直处于一种可以阅读的状态，市场上买不到，公共图书馆也不复存在，可是你一旦真正有机会获得，能够静下心来阅读，通常都会被认为是一种有上进心的表现。那年头，虽然大家都知道读书无用，爱好文学仍然不失为一种优雅，仍然会被大家在心中暗暗推崇。有人说“文化大革命”中，人们都是不读书的，我一直以为这个观点不准确。大家只是获得世界文学名著的机会没有今天这么多，这么容易，如果真要讲起阅读热情，讲起阅读的专注度，绝对会超过今天。那年头可供分心的娱乐活动实在太少了，譬如“文革”后期，我正在读高中，大仲马的《基督山伯爵》因为江青推崇，很多人都以能读到这本书为荣，因为看不到，我不得不一次次地为读过这本书的堂哥买香烟，以此作为交换条件，让他给我复述那些惊心动魄的故事。

在我的青少年时代，卖弄自己阅读的世界文学名著，是摆脱自卑的一剂良药。我自小性格内向，不善言辞，常常被别人欺负，世界文学名著对我来说，既是一种情感上的寄托，同时也是可供吹嘘的资本。有人曾经问过我，今天的文学环境和“文化大革命”后期相比，哪一个更好一些。答案似乎是肯定，当然应该是改革开放以后的岁月更占上风。不过也可能还会有些意外，以最流行的电视婚配节目《非诚勿扰》为例，想当年，男生女生介绍自己，常以热爱文学为时髦，就算是一个没看过几本书的人，也喜欢用文学的羽毛来装饰自己。在那个思想贫瘠的年代，文学可以用来泡妞，能够打动姑娘的芳心，然而在各种文化活跃的今天，文学的神圣光环早已不复存在。这样的镜头大家肯定已经熟悉了，男嘉宾们红着脸说起自己喜欢文学，或者业余还写几首诗，立刻导致征婚女嘉宾一片声地灭灯。文学正在变得很惨，已不能够再用来炫耀，用来博得女性好感，而且很显然，在以后相当长的时期内大家还将不得不面对。

自五四以后，崇洋媚外一词从来就没有真正地伤及外国文学，不同时期，大家在读不一样的外国文学作品。大多数情况下，都是在读那些已经有了定评的世界文学名著，这是最保险的一种投资，不管怎么说，阅读名著总归不会有太大的错误。名著自有名著的道理，名著构成了文学史，形成了传统，统治了我们的阅读经验。主动也好，被动也好，外国文学名著就像大家呼吸的空气一样笼罩，事实上我们已经不可能再离开它。因此非常值得一提的倒是流行，不同时期的流行文化，它们是我们阅读活动中很重要的一个部分。毫无疑问，流行文化的影响，畅销书的魅力，一点也不比那些早已经成为传统的外国文学名著差。

说一句最坦率的话，无论文学时髦还是不时髦，大家都会忍不住操一份谁才是当今世界上最火作家的闲心。我们喜欢海明威，喜欢雷马克，喜欢马尔克斯，都是因为他们是当时最火爆的流行作家。印象中，对诺贝尔文学奖获得者的追捧是二十世纪八十年代以后，在此之前，中国作家并不是太把这个文学最高奖项当回事。回顾历史，年轻人的阅读或多或少地要受前辈人影响，我们注意到，现代文学的经典作家对诺贝尔文学奖的关注度，远不及东欧弱小民族。也许是这个文学奖有过多的欧洲元素，在一开始，它只关心欧洲的主流文学，带一点皇家威严，还有点资本主义色彩，反正不太适合中国的国情。中国文学似乎注定离开不了思想，注定要被不同的政治左右，我们向西方学习，更多的是为了盗得火种，“窃火”这个词一度非常流行。所谓文学，无论写实还是浪漫，不过是为了实用，为了人生，为了反封建，为了劳苦大众，为了反对包办婚姻，为了治病救人改变国民性。

真相常常会让人感到尴尬，中国文学界的流行文学，很长时间里都是跟着日本人走的。道理很简单，在学习先进的西方方面，日本总是先我们一步。留日学生的趣味不断地改变中国文学爱好者的口味，因为鲁迅，因为郭沫若、郁达夫等的创造社，以及后来的夏衍和周扬，中国的主流文学出现了一个又一个的重要时期，出现了五四文学，出现了大革命前后的革命文学，出现了三十年代的左翼文学，他们的主将都是留日学生。这种显而易见的文学影响直到抗战结束后才宣告结束，一九四六年，德国作家雷马克的作品走红世界文坛，他的《凯旋门》德文原著发行前，英译本先行在美国出版。据说当时的销量就达到两百多万，而它的中文本几乎也是同时推出的，遥远的美国报纸还在连载，朱雯先生的译文已出现在连载专栏上。这个文学上的同步非常耐人寻味，事实上，很少有人注意到这个现象，这就是随着现代文学作家的逐渐成熟，文学越来越精英化，也变得越来越小众，流行很快就会变成小圈子里的事。

我记得在这本书的翻译后记中，朱雯先生曾提到了三件事。一是告诉大家，此书目前在西方影响巨大，很火，它的水准上乘，在行家的眼里评价极高。二是在中国的反响很平常，连载了两个月便腰斩。三是在翻译过程中，曾得到巴金和钱钟书先生的帮助。在二十世纪八十年代，我一直想不明白这件事，为什么那么多外国文学名著可以重复出版，而自己一度非常喜欢的《凯旋门》却还没有获得再版机会。后来终于有了再版本，已经是九十年代，“文革”后的文学热已经降温，朱先生对这本书进行了重新修订，在再版后记上，没有提到当年的腰斩，也没有提及钱钟书。

这是为什么呢，很多作家其实也受过雷马克的影响，譬如北岛，然而这种影响显然形成不了什么气候。时至今日，重新回忆这种影响仍然十分有必要，因为它代表着一种逝去的文学记忆，展现了中国现代文学的一种发展轨迹。自五四以来，中国文学一直在追随外国文学的步伐，亦步亦趋苦苦追赶，终于在抗战胜利后，有了一点点与世界文学同步的迹象。这时候，文学开始变得多元化，变得小众，变得更文学，再热闹的流行也是转瞬即逝，这一点倒是和当下很相似。文学的时髦仅仅只是时髦，它已经没有什么太大的社会作用，或者换句话说，文学只是当时文学爱好者的事，只是在小圈子里自娱自乐地被大家欣赏，而不是拿来实用，读者已不再过多考虑它有什么社会意义。

回忆阅读历史，回想那些看过的外国小说，不同的文学时代，注定会有不同的文学阅读，而不同的文学阅读，又注定会造成不同的文学时代。一九四九年以后外国文学对中国的影响发生了巨大扭曲，一方面，它继承了前辈对诺贝尔文学奖的一贯轻视，继承了重视弱小民族、发展中国家文学的传统，另一方面，又把苏联文学演绎成为一种新的时髦，造就了一段不可理喻的新神话。譬如朱雯先生就翻译了阿·托尔斯泰的《苦难的历程》，同一个译者，同样是英文转译，仅仅从版本上就可以看出雷马克和阿·托尔斯泰的不同待遇，《凯旋门》厚厚的像块砖头，装帧简陋，而《苦难的历程》则是极度漂亮和考究的精装本。比较朱雯先生二十世纪四十年代和五十年代不同时期的译本，不仅有助于我们了解文学的不同时代，也可以看到外国文学这个月亮不一样的光谱。

外国文学这个月亮确实很大很圆很亮，它高高挂在文学的天空上，仔细回想我受到的影响，除了名著经典，最直接的恐怕还应该是外国文学中的那些禁书。一九四九年以后，苏联文学统治文坛，成了真正的“老大哥”，整个五十年代都是这样。这种特殊的不正常的文学现象，造成了一种逆反心理，我那位喜欢藏书的父亲就一直在悄悄地收集非主流文学。当时有一种内部发行的图书，后面印有“供批判”字样，俗称“黄皮书”，装帧简单到只剩下书名和黄色的封面，譬如爱伦堡的《解冻》和《人·岁月·生活》，譬如萨特的《厌恶及其他》，譬如加缪的《局外人》，还有《麦田里的守望者》《愤怒的回顾》《带星星的火车票》等。越是不让看就越想看，我是违禁之物的直接受益者，它们在我身上的影响，丝毫也不亚于那些早已成为经典的外国文学名著。这些书籍曾是我最好的精神食粮，当然，必须要强调一下，影响最大的一套书是《人·岁月·生活》，厚厚六大本，它们断断续续地提到一大堆当代作家，对我来说都是活生生可以效仿的对象。

说白了，雷马克的《凯旋门》也好，后来供批判用的内部读物“黄皮书”也好，在我身上能够产生不小影响，都和它们是小众阅读有关。有时候，你会自投罗网，心甘情愿身受其害。这是另外一种赶时髦，基于希望与大众阅读不太一样作品的心态，人永远都是矛盾的，对于外国文学这个月亮，你总是若即若离，想着要走近一些，看清楚一些，结果便可能一不小心就走远了。因此对于浩瀚的外国文学，我们应该饮水思源，始终保持一份感激之心。转益多师无别语，既要坚定不移地向外国古典文学名著致敬，同时也不能忘记活着的当代，要随时留心当下世界文学的最新成果。当然，要关心最流行最畅销的，也要照顾到被冷落被忽视的，换句话说，我们始终要有一个开放的心胸。

2013年2月19日　河西

难忘雨果

一

雨果显然不是法国最好的小说家，却是第一位让我如痴如醉，让我爱不释手的法国作家。我抄了许多雨果著作中的格言，这些格言直接影响了我的世界观。毫不夸张地说，如果没有雨果，没有《悲惨世界》，没有《九三年》，天知道我会变成什么样子。今天的中学生，很难想象“文化大革命”中的读书生活。那是个文化的沙漠，读什么书，都得躲起来偷偷欣赏。喜欢读书的人在那个时代是怪物，十有八九的图书馆都被关闭了，书架上供人阅读的都是政治读物，或是大批判文章，或是“样板戏”剧本。世界文学这一概念，在当时似乎不存在。

我读的第一本雨果著作是《笑面人》。一个中学生，一个渴望读书又没有书读的中学生，捧起了《笑面人》，立刻被小说中迎面而来的人情味吸引住了。当时有个经常被批判的词组今天已经听不见，那就是“资产阶级人性论”，雨果的罪状正好是宣扬这种所谓的人性论。

我们家藏着差不多所有翻译过来的雨果著作。“文化大革命”初期，这些书都被抄家抄去了，隔了几年，因为翻修房子，没地方放，又退还给我们。刚开始，还没有被“解放”的父亲不让我读书，尤其不许读翻译过来的外国小说。他不想让我接触这些禁书，藏书曾经是父亲的命根子，是他一生中引以为自豪的东西。也正是因为读了这些书，被灌输了书中的思想，他才有幸成了一名“右派”。

父亲不让读，我就自己偷着读。《笑面人》只是我无意中的发现。从《笑面人》开始，一发而不可收，我一本接一本地偷看雨果的著作。记得最先摘抄的是雨果的诗，然后是《死囚末日记》，然后是《布格—雅加尔》，然后是《巴黎圣母院》，然后是《悲惨世界》，最后是《九三年》，雨果有些矫情而且过于外露的诗句，高度戏剧性的情节，充满哲理的格言和对话，让我十二分的激动。雨果的作品对于我来说，成了文化沙漠中的绿洲，我像今日的追星族那样，完全被雨果的人道主义思想光芒所折服。我当时不能想象还会有比雨果更伟大的作家。

雨果最辉煌的著作是《悲惨世界》，当时还没有全译本，只出了四卷，最后一卷，由于“文化大革命”的突然开始，也许还积压在了出版社。反正没有了这最后的一卷，我为可能有的结尾，做过种种猜想。一本你喜欢的书，不能知道它的最终结局，实在是一种折磨。多少年以后，我对雨果的热情已经消失，这带着结尾的最后一卷才姗姗出现，时过境迁，我已不想再读它了。

雨果的著作中，我最喜欢的是《九三年》，真是一边读，一边流眼泪。因为父亲不让我读外国小说，我便在夜里偷偷地读。那时候正好睡在书房里，父亲根本管不住我。他很快便发现我的大胆妄为。当时他戴罪工作，替剧团写那种永远也不可能写好的剧本，天天开夜车，有时写得难受了，便下楼散步。他站在窗外，不声不响地看我读书，有时忍不住了，便敲敲玻璃窗。

有趣的是，父亲的禁令表面上很严厉，但在雨果的魅力面前，很快就对我名存实亡。他明知道我半夜里看书，第二天就跟没事一样，也不戳穿。敲了好几次玻璃窗以后，有一次，他一本正经地审问我：

“你在看什么书？”

我笑着说没看什么。

他板着脸说：“哼，没看什么！”

这事就算过去了。吃饭时，父亲会莫名其妙冒出一句，说你又瞎看书了。说了也就说了，来势不凶，我也不在乎。书照样要看，越看越入迷，越入迷越忘乎所以，终于有一天忍不住，老气横秋地对父亲说，雨果的《九三年》是世界上最伟大的书。

父亲说了什么，我已记不清。说什么都不重要，对我来说当时最重要的是雨果。

二

以上的文字写于一九九四年二月三日，关于雨果，我确实还有许多话可以说。不知道现在的学生还喜欢不喜欢在小本子上摘抄名人格言，我小时候摘抄得最多的大约就是雨果的警句。在雨果的著作中，到处都是闪烁着思想光芒的句子，你只要拾蘑菇似的弯下腰来，立刻俯拾即是，不一会工夫便是满满一箩筐。如果有人问中学生最适合看什么样的世界文学名著，我会毫不犹豫地告诉他读雨果。

雨果的作品是最好的少年文学读物，这么说，丝毫没有轻视的意思。我始终认为雨果的小说对青少年世界观的形成，有很大的好处。写到好处的时候，顿时有些不安，因为我一向认定，以利益为准则诱惑别人读书是不对的。这是把一件本来十分高尚的事情弄得庸俗化了，民不畏死，奈何以死惧之，我不过是说说个人的经验，王婆卖瓜，自卖自夸，你可以相信，也可以不相信。记得我看了《笑面人》以后，就抄了这样一些精句，譬如“要国王有什么用？你们把王族这个寄生虫喂得饱饱的，你们把这条蛔虫变成了一条龙”。又譬如“一个赤身裸体的女人，就是一个全面武装的女人”，大约是这些意思，因为我已经找不到当年的那个小本子，而书橱里的《笑面人》早不知哪去了，《悲惨世界》也不在了，这恰好证明我喜欢向别人推荐雨果，并且深受卖弄其害。一个处于青春期的孩子摘抄了这样的句子，他的母亲看了显然不会太乐意，尤其是在“文化大革命”那样的背景下。事实也是如此，小时候因为喜欢看小说，喜欢看外国小说，我母亲常常叹气，说我跟堂哥学坏了，她觉得我小小的脑袋瓜里，都是资产阶级的思想。

但是我仍然要说雨果的作品对中学生有好处。有人说，“文革”一代人都是吃狼奶长大的，这话我并不完全同意。起码我身边有不少人都是在孜孜不倦地读世界名著，在谈雨果，在谈巴尔扎克，在谈陀思妥耶夫斯基。那时候，一本好书可以悄悄流传，大家废寝忘食，真正地用心去阅读，不像今天，中学生就知道应付考试，玩电子游戏机，世界文学都搁在书架上做样子。我记忆最深的是《九三年》，上中学的时候，因为没什么事可做，我对这本书简直是到了如痴如醉的地步。现在一想起来都觉得好笑，当时真是一边流眼泪，一边在摘抄。这本书中有着大量精彩的对话，大段大段的对话几乎全是慷慨激昂的演说辞，一说就是一页两页，它们对我的影响远远超过了教科书。虽然已经过去了几十年，我仍然还会梦到那个辉煌的最后场景，这是《九三年》的结尾部分，太阳高高地升了起来，郭文高傲的头颅被按在断头台上，痛苦不堪的西穆尔登拔出手枪，在最后关头，用一粒子弹洞穿了自己的心脏。那是一个让孩子可以放声痛哭的壮丽场面，一连多少天，我都感到心里堵得难受，以至于上课的时候，老师在黑板前有气无力地讲工业基础知识，我的心思却好像还在刑场上，耳朵边仍然回响着子弹呼啸的声音。

雨果的小说洋溢着火一样的激情，他的文字从一开始就在燃烧，从头燃烧到尾。对于中学生来说，没有什么比这更值得一读。就小说吸引人的程度来说，除了雨果，我印象深刻的还有这样一些作家的作品，譬如高尔基的自传三部曲，譬如大仲马的《三个火枪手》和《基督山伯爵》，譬如金庸的武侠作品，这些小说，都是逼着你要一口气读完。如果我是程度不高的中学生，你不拿真正好玩的东西来引诱，我才不会上当。我绝不会因为别人说了几句漂亮的大话，用棍棒逼着我，或者给我吃了一块糖，就会硬着头皮去啃那些看不下去的文学名著。平心而论，你不能说卡夫卡的小说不好，你不能说福克纳的小说不是国际水平，可是一定要唆使中学生去读他们的小说，效果恐怕只能是适得其反。你显示了你的学问，结果却是把中学生的胃口搞坏掉了，让孩子得了厌食症，结果你以后再说什么，他们也不会相信你。

寓教于乐实在是迫不得已的事情。不仅是对于中学生，对于天下所有识字的人，大约都是这个道理。捆绑不成夫妻，立刻成亲也必须本人愿意才行。由于年龄不同，生活经历不同，文化程度不同，对“乐”的感受也不尽相同。我想适合中学生看的读物不外乎两个要求：一是要好看，要让中学生爱不释手，最适合的例子就是雨果。另外一个是要有思想，要有教育意义，这同样首推雨果。当然，前一个要求更重要，因为说老实话，我还真的很少看到一点教育意义都没有的图书。只要是个写文章的人，心里多少都会有些救世的浅薄想法，世界上最没道理的人，也喜欢在文章中说道理，说那些没有道理的道理。对于中学生来说，最重要的还是让他们狼吞虎咽地往下看，而且有一点真是可以放心，孩子的天性都是好的，好东西绝对可以吸引他们，对好东西，孩子们往往比我们更容易感动。

三

记得我当时也曾很喜欢《嚣俄的情书》，嚣俄就是雨果，这是一种比较古老的翻译，看上去怪怪的。在我的中学生时代，爱情可是一个不太好的字眼，那年头好像谁都不敢说这个词。今天的人说起“人道主义”理直气壮，头头是道，然而在当年，通通都是“资产阶级人性论”。雨果和他的小情人定情的时候，他才十七岁，小情人十六岁，这岁数就是搁在今天，也应该算是早恋了。早恋也没耽误了这位伟大的作家，两家虽然是世交，双方大人并不是很赞成这桩婚事。爱情非得有些波澜曲折才有意思，这雨果大约天生是要当作家的，只要逮着了一个写作机会，他的才华立刻就展现了出来。要知道，写情书也能够提高写作水平，而且非常有效，从定情到结婚，也就三年多一点，雨果写给未婚妻的信，竟然可以编成厚厚的一本书。在这些火一般的情书中，雨果对他的未婚妻解释着什么叫诗：

> 诗，是德的表现。良好的灵魂和华美的诗才几乎是分不开的。诗是人灵魂里发出来的，它可以用善良的行为，也可以用美丽的辞句表现出来。

雨果对于诗做出了自己的解释。他认为诗存在于思想里面，而思想出自灵魂。在雨果看来，爱的伟大并不比诗逊色，诗句不过是穿在健美身体上的漂亮外衣。健美的身体再配上漂亮外衣，这是雨果作品最好的写照。在雨果的情书中，有着大量充满了哲理的好句子，或者说有着数不清的“漂亮外衣”。不妨想一想，他那时候也就只是十七岁多一些，警句格言张口就来，思想的火花像暴风雨中的闪电一样闪个不停。面对如此才华横溢的少年，如果我是一个女孩，也会想要迫不及待地嫁给他。偷看一个人的情书，似乎是一件不道德不光彩的事情，但是我当时还是忍不住偷窥之欲。很显然，雨果在写这些情书的时候，并没有想到后人会看到它们。这些信像熊熊燃烧的烈火，结果我一边读着信，一边也移情别恋，陷入到了与自己毫不相干的爱情之中。

> 我曾对你写了一封长长的信，阿黛勒啊，它是伤感的，我把它撕了去。我写它，因为你是世间唯一的一个我可以很亲切地谈着一切我的痛苦和一切我的疑惧的人……

这好像是我自己在给心爱的女孩子写情书。显然是版本太老的缘故，翻译的句子疙疙瘩瘩。受这些句子的影响，一度我的文字风格也是这样弯七扭八。雨果的情书和他的小说是同一种风格，不管三七二十一地倾诉着，仿佛从来也不知道什么叫节制。在雨果的小说中，始终洋溢着情书一样的激情，对于中学生来说正是这种激情诱惑着他往下看。《巴黎的秘密》的作者欧仁·苏在读了《巴黎圣母院》以后，写信对雨果大唱赞歌，他觉得雨果无论是在表达思想方面，还是遣词造句方面，都显得太奢侈，太豪华，或者说是太浪费。欧仁·苏告诉雨果，批评他的人很像是五层楼上的穷人，他们高高在上，看见楼下一个大阔佬在任情挥霍，十分恼火，怒不可遏地说，这家伙一天所花的钱，够我用一辈子了。欧仁·苏这是变着法子拍马屁，以此来证明雨果小说的内容丰富。

“卓越的天才自来便引起卑鄙的妒忌和荒谬的批评，”欧仁·苏安慰雨果说，“没有办法，先生，光荣是要付出代价的。”

事实上，欧仁·苏并没有说到点子上。或许他只是透露出了一个信息，就是作为同行，他羡慕甚至有些嫉妒雨果的成功，而且也蠢蠢欲动，琢磨着自己应该怎么样写。奢侈和豪华正是雨果成功的秘诀，读者爱不释手恰恰也是因为这一点。《巴黎圣母院》的影响是空前的，一版接着一版地印刷，出版商接踵而来，要求雨果为他们提供新的作品，雨果应付不了，于是只好胡乱弄几个书名蒙人。在《巴黎圣母院》之后，雨果宣称与之有关的两部后继作品预告了三十年，最后连影子都没见到。这样的例子在文学史上十分少见，我一直不太明白雨果为什么不乘胜追击，大写特写长篇小说，而是见好就收，一歇差不多三十年。雨果并没有果断地抓住战机，迅速巩固胜利成果，占领小说家的高地，却轻而易举地放过了这个大好机会，结果反倒是别人后来居上，在《巴黎圣母院》问世的十年之后，欧仁·苏推出《巴黎的秘密》，一炮而红，成为当时比雨果更有名的小说家。

四

也许是因为诗歌和戏剧在当时更能给雨果带来声誉。雨果似乎不屑于在小说上与人争短长，对别人的成功他无动于衷，在《巴黎圣母院》之后的三十年中间，雨果主要是写诗歌和戏剧。这是一个巨大的谜团，我始终没有真正地解开过。另外有一种说法，那就是雨果其实一直偷偷地在和欧仁·苏较劲，《巴黎的秘密》获得了比《巴黎圣母院》更大的成功，雨果要写，就一定要写一部能压过它的作品，因此这一憋就是三十年。这三十年中，欧仁·苏渐渐江郎才尽，盛极而衰，最走红的作家交椅让给了大仲马。这三十年中，还有不可一世的巴尔扎克，像工业生产一样，创作了一大批有力的作品。就一个小说家而言，雨果可以说是大器晚成，笑到了最后。在小说创作领域，他成名早，成器晚，虽然不到三十岁的时候，已写出了自己的成名作《巴黎圣母院》，但是在三十年以后，到六十岁的时候，不急不慢地推出了另一部更伟大的作品《悲惨世界》，才确定了自己小说家的霸主地位。这以后，他一发不可收，又写了《海上劳工》，又写了《笑面人》，最后是《九三年》。一步一个脚印，每一步都扎扎实实，都让人惊叹。

写完《九三年》，雨果已是一个七十岁的老人。作为一个普通读者，不会去想为什么在《巴黎圣母院》和《悲惨世界》之间，有着三十年的一大段空白。这是一个可以研究的课题，我对它产生兴趣，或许与自己也是作家有关。世界上并没有什么无缘无故的事情，事实上，和巴尔扎克不一样，和很多优秀的小说家不一样，雨果差不多快到六十岁，才将自己文学创作的全部辎重，投入到了小说的主战场上。在此之前，他挥霍掉的东西实在太多了一些。在最年富力强的三十年里，雨果更大的兴趣是在戏剧和诗歌方面，对于他来说，两者常常可以合二为一，他戏剧中的台词就是现成的诗。这期间，雨果不过是有一些断断续续的小说念头，断断续续地写了一些小说的章节。戏剧给他带来了巨大的声誉，《艾那尼》之争成为文学史上的大事，成为浪漫派戏剧战胜古典派戏剧的经典战役。在当时，一个戏剧作者要比小说家光彩夺目得多。

声誉和光彩最直接的后果，就是金钱和美女的双双获得，雨果曾是一个模范的丈夫，一个合格的父亲，可是成功导致他变成了一个不折不扣的花花公子，变成一个让人瞠目结舌的老色鬼。除了没完没了地和女演员勾勾搭搭，雨果似乎没有放过一切可以到手的机会，他不放过那些崇拜者，不放过女佣，不放过街头的流莺，甚至将自己学生的女儿也据为己有。虽然有一种解释，认为雨果之所以会这样疯狂，是报复自己的妻子与人通奸，而且与当时的社会风气分不开。关于这个话题，我没有多少话可讲，想说的只是自己曾一直以为雨果在道德方面是个完人，因为最初只是通过小说来认识他，在他的小说中充满了正义，满纸深刻的思想。文如其人这句话真不能太当回事，我忘不了自己初读《雨果传》时的震惊，做梦也不会想到心目中那个一身正气的作家，在私生活方面会如此不堪。雨果对名誉的追逐，对权力的向往，让所有崇拜他的人都觉得心里很受伤。因此，我虽然赞成中学生读雨果的小说，却坚决反对中学生读关于他的传记。

雨果的文学道路几乎包括了十九世纪，他比巴尔扎克小三岁，与大仲马同年，可是比他们谁都活得更长。现在大多数人常常念叨雨果的重要原因还是因为他的长篇小说，但是雨果活着的大多数日子里，更让他露脸大出风头的，却是那些并不怎么样的戏剧。那些充满诗意的戏剧今天大都不被接受，那种夸张，那种过分的戏剧冲突，已经不可能再入观众的法眼。事实上早在当时，雨果的戏剧就已经乐极生悲，从流行的顶峰一下子跌落下来。他从来都是一个充满争议的人，他的戏剧上演时，永远是嘘声和掌声同在，在一开始的交战中，每次都是掌声最后占了上风，但是渐渐的，他的戏剧终于失去了号召力。我说这些，并不是轻视戏剧艺术，而是遗憾雨果未能把自己更多的精力放在小说上。戏剧观众的热情左右了雨果先生，剧场里的欢呼声让他忘乎所以，以至于他根本就看不到潜在的小说读者的热切愿望。在雨果的晚年，巴黎举办万国博览会，为了展示法兰西民族最优秀的东西，又一次重演了《艾那尼》，又一次引起轰动，但是这种轰动充其量也就是一次浪漫主义戏剧的回光返照，人们再次热烈鼓掌，不是因为《艾那尼》的内容，而仅仅是因为《艾那尼》拥有的那段历史，仅仅是为了向小说家雨果欢呼，这时候，他的《悲惨世界》和《海上劳工》正处于洛阳纸贵的地步。

幸好雨果在晚年突然想到了他的小说读者。三十年的小说创作空白加上文人无行，种种一切，都没有阻拦他晚年的火山爆发。雨果此时又一次用雄伟的小说为自己奠定了更结实的根基。在过去，雨果是法国最重要的诗人，最重要的戏剧家，现在，他在前面的两个头衔之外，又稳稳地获得了第三个头衔。他现在是法兰西最重要的小说家，是全世界最重量级的小说家。雨果身上的小说才能，经过三十年的积累，像火山一样喷发了，他一下子就登上了顶峰，一挥手就把那些强劲的对手都掀翻了。《悲惨世界》的诞生是长篇小说历史中的一件大事，雨果名利双收，这之前，拉马丁、大仲马、欧仁·苏，无论是谁写小说赚的钱都比他多，现在终于轮到雨果出一口恶气，他不仅自己获得了丰厚的稿酬，也让出版商狠狠赚了一大票。

虽然我曾经被雨果年轻时写的《巴黎圣母院》所吸引，但是毫无疑问，更能吸引我的还是他晚年那一连串强有力的小说。如果没有晚年的这些小说，没有《悲惨世界》，没有《笑面人》，没有《九三年》，雨果对我来说就没什么意义。没有晚年的小说，雨果不可能跻身大作家之林，《巴黎圣母院》太浪漫了一些，写这本书的时候，雨果太年轻了，因为年轻，所以稚嫩。一个伟大的作家只有一部这样的书是远远不够的。当然，年轻并不意味什么都错。这个世界永远是属于年轻人，年轻曾是雨果的本钱，年轻人又是他要征服的对象。雨果属于那种为年轻人写作的作家，为年轻人写作也让他的写作心态永远保持年轻，这也是雨果为什么在晚年还能大写特写的秘密。事实上，当我被“多产作家”这个恶名烦扰的时候，就情不自禁地会想到雨果，就会想到多写并不是什么大不了的错误，关键还在于是否能够写好。晚年的雨果居然还能青春焕发，这常常给我一种要努力写作的信心，我佩服雨果那种一往无前的勇气，《悲惨世界》出版之前，出版商希望删去其中的一些议论，雨果坚决拒绝了，他信心十足地说：

> 轻快肤浅的喜剧只能获得十二个月的成功，而深刻的喜剧会获得十二年的成功。

这个观点无疑是正确的，事实证明，雨果的长篇小说即使是在一百二十年之后，仍然还是成功的艺术作品。

五

早在《巴黎圣母院》刚出版的时候，已进入垂暮之年的歌德便在同爱克曼的谈话中，表达了对这本书的不满。歌德认为它“完全陷入当时邪恶的浪漫派倾向”，觉得自己必须花很大的耐心，才能忍受他在阅读中感到的恐怖。在已经八十多岁的歌德眼里，年轻气盛的雨果是多产和粗制滥造的代表，说他在一年之内，居然写出了两部悲剧和一部小说，因此不可能不越写越糟糕。

何况这部书是完全违反自然本性，毫不真实的！他写的所谓剧中角色都不是有血有肉的活人，而是一些由他任意摆布的木偶。他让这些木偶做出种种丑脸怪相，来达到所指望的效果。这个时代不仅产生这样的坏书，让它出版，而且人们还觉得它不坏，读得津津有味，这究竟是一个什么样的时代啊！

这些指责虽然一针见血，却失之偏颇。歌德太老了，他看不惯雨果的横空出世，结果只愿意表扬雨果“描绘细节很擅长，这当然还是一种不应小看的成就”。文学每当出现一些新鲜玩意的时候，都可能导致这样那样的批评，浪漫派小说出现时是这样，写实派小说出现时也是这样。如果是在中学时代，读到歌德的批评文字，我一定会跟他结下私仇。那时候，我无法想象还有比雨果更好的小说家。可是等我知道歌德这些批评的时候，已经快大学毕业了，当时不要说浪漫派小说已吸引不了我，现实主义小说也早就不入法眼了。我满脑子都是现代派小说，再也犯不着跳出来为雨果打抱不平。说老实话，一个人的阅读趣味，并不是一成不变的。一个人自有一个人的看法，时间变了，环境变了，以往的那些感觉就不会再有，喜新厌旧也就在情理之中。尤其当你也开始脚踏实地地进行创作，对写作这件事有了切身感受以后，过去很多观点都会发生根本的改变。时至今日，我对雨果的看法，已经一变再变又变。要让我还像中学生时代那样去读雨果的作品，已绝对不可能，我不止一次尝试过重读雨果，可是每次都半途而废。过去，在雨果的小说中，我不断地得到启发，一次次被感动，现在，却是不断地看出问题，到处都能发现毛病。

歌德批评雨果很重要的一点，是因为“除美的事物之外，他还描绘了一些丑恶不堪的事物”。显然，最让歌德反感的就是敲钟人加西莫多这一艺术形象。我并不赞成歌德的观点，事实上，他所说的那些缺点，在我看来都不是什么问题。丑陋的事物可以进行描绘，这已经不用讨论，多产更不是罪名。有很多例子都足以证明，多产和少产与写作质量并没有什么直接关系。多和少都可能写好或写坏，简单地以数量来评论好坏，其实都是非常外行的话。写作是一种燃烧，不同的人不同的创作方式，发出的热能也不尽相同。很显然，雨果也知道要创造出“有血有肉”的人物来，谁都知道写出来的人物像木偶一样不对，按照我的想法，这些浅显的道理雨果不是不懂，而是不知道在技术上如何才能达到。不光是雨果，整个十九世纪的大作家，都或多或少地存在着这方面的问题。歌德作为一块火眼金睛的老生姜，轻而易举地就发现雨果的稚嫩之所在，在这一点上，后来的读者很容易与伟大的歌德达成一致。

十九世纪文学与二十世纪文学相比，在塑造和表现人物的技术层面上，显然要逊色得多。写作水平和阅读水平是互动的，在水平都已经提高的今天，我们会自以为是地觉得雨果小说只适合打动中学生，实际上可能连这简单的目的都达到不了，因为今天的中学生根本不屑看雨果。这是一个很难说出口的事实真相。这个真相足以提高我们的自信，让人狂妄，又会让我们感到尴尬，感到无所适从。作为写作者，现代小说家的技术在突飞猛进，技巧已成为一个喋喋不休的话题，然而自我燃烧的能力却在明显降低。作为阅读者，审美的趣味提高了，胃口也变得更加挑剔，被感动的程度却降到了最低。二十世纪的文学获得了技术，却失去了十九世纪的生机勃勃。二十一世纪的文学前景看不出有任何好转的迹象，社会在进步，书店里的图书在一天天增加，然而无论阅读还是写作，在原始冲动方面似乎都出现了严重障碍。技术的进步不可能解决一切难题，有时候，进步反而会成为一种累赘，变得腐朽无力，就好像美食理论不能解决食欲不振，性技巧改变不了阳痿状态，技术越来越发达，离文学的本性也越来越远。有些困难，就算是雨果重新活过来，恐怕还是解决不了。或许正因为这些，热爱文学的人，阅读或写作，生在雨果时代是幸运的，生在那时代的法国更加幸运。

2003年4月29日　河西

关于海明威的问答

你什么时候开始知道海明威的？

一九七四年，那一年我十七岁，初恋文学，像刚学会游泳的孩子，一头扎进了外国文学的海洋。十七岁以前，我是法国文学的忠实读者。我大段大段摘抄雨果的《九三年》，常常感动得流眼泪。十七岁那年的秋天，有一个瘦瘦的老头给我和我的堂哥三午出了个题目，这就是写下你读过的最好的外国文学作品二百种。

我和堂哥东拼西凑，临了发现自己陷进了一个绝对的难题。我们一向以读书多感觉良好自居。“文化大革命”造成了一代人没书读，好在像我们这样所谓的书香门第，竟然不幸中大幸，不但有书读，而且有太多的富余时间。

读二百种书不难，难在要靠自己的判断说出什么是好书。给我们出难题的瘦老头是傅惟慈先生，这位最早把托马斯·曼的《布登勃洛克一家》介绍给中国读者的教授先生，当时闲极无聊，像纨绔子弟一样玩西洋音乐之余，和我们一起凑二百种书目。事实上，凑到五十多种，游戏便结束了。好书太多，好书并不多，任何读书人都会有这种感觉。用机械的数字来判断价值，本来就是个不可救药的笨办法。我们开的书目中，自然少不了常见的第一流名著，我喜欢雨果，三午喜欢托尔斯泰，其他如陀思妥耶夫斯基的《卡拉马佐夫兄弟》、狄更斯的《双城记》、契诃夫的《樱桃园》、大仲马的《基督山伯爵》、霍桑的《红字》等，都老老实实罗列在案。这个书目掺了不少水，许多作品完全被名气吓住了。为了给傅惟慈先生面子，我们没敢漏掉《布登勃洛克一家》。

在那个充满个人偏见的书目中，除了托马斯·曼，除了雷马克的《凯旋门》，另一部得到我们青睐的二十世纪作品，就是《永别了，武器》。给海明威一席之地，实在是因为我们当时正好喜欢。海明威和二十世纪的大师们放在一起简直像个顽童。

《永别了，武器》是我读过的第一本海明威作品，很难说一开始我就被这小说慑住。我佩服海明威，最简单的原因是当时正在读爱伦堡的《人·岁月·生活》。在爱伦堡这部长河一样的回忆录中，多次提到了传奇般的海明威。和读十九世纪大师们的作品不一样，在接触海明威的作品之前，我已经迷上了活生生的海明威。他作为艺术家的传奇经历，深深刺激了我这个蠢蠢欲动的文学少年。热心的读者可以有几种，有时候，你只是孤零零的作品的读者，你为小说中的人物情节激动或者悲哀；有时候，你却发现自己既是作品的读者，同时又是作者的读者。你不仅迷恋作品，而且迷恋作者本人。

你读过哪些海明威作品，最喜欢的是哪一部？

海明威的作品，读得不算太多，也不算太少。在我刚迷上海明威的时期，能见到的译作不多。除了《永别了，武器》，我当时读的有《在我们的时代里》，这好像是马彦祥译的，有冯亦代译的《蝴蝶与坦克》，有马彦祥译的《托勒波康》。海观译的《老人与海》刊登在一九五九年的《译文》上，但是我读到的，已是海观在二十年后送给我祖父的重版书。这是中英文对照本，它一度成了我学英语的课本。而读《流动的盛宴》《过河入林》《海流中的岛屿》时，却已经到了二十世纪八十年代。我早过了爱好海明威的时期。我进入了文学的新时期。海明威的作品仿佛始乱终弃的情人，我只是随便翻了翻，并没有认真读完。海明威风格的小说确确实实过时了。

至于说到最喜欢的海明威作品，我没有办法回答。海明威对我来说是个整体。他最好的作品，或者是《永别了，武器》，或者是《老人与海》，当然也更可能是他的短篇小说。在具有世界性影响的作家中，能把短篇小说写得像海明威那么出色的作家并不多。我读过起码三种关于海明威的传记。“迷恋”这词对我绝非夸张。很长时期内，海明威是我的师傅，我反反复复读，老老实实学着写。海明威的几本书一度成了我唯一的文学读本。对于文学青年来说，海明威至关重要。他的风格流动在他任何一本作品之中，只有书呆子才会武断地下结论，才会像梁山泊好汉排座次或者像田径赛，在貌似公平的规则下决出胜负来。

海明威对你究竟有什么影响？

太多了，一个海明威教给我的东西，抵得上大学里所有老师传授给我的学问。譬如在怎么做作家这一点上，是海明威首先让我明白了写作行为本身的重要性。写作行为和写作目的是两回事。写作行为永远是孤独的，永远被人误解。稿费制度对文学繁荣是刺激，同时也是场灾难。写作行为应该是人生的一种需要，是人的生命的一部分。小说家必须“天天面对永恒的东西，或面对缺乏永恒的状况”。不发表作品只是微不足道的逆境，任何一个不同凡响、野心勃勃的作家，他将不仅仅是在逆境中起航，而且会在逆境中度过一生。写作行为本身便是对逆境的挑战。可以称之为逆境的东西实在太多。文学大师们逼人的光辉压迫着我们，官场名利诱惑着我们。《老人与海》的意义就在于它揭示了我们的处境。任何小小的胜利都不足以改变作家注定失败的命运。发表作品也好，转载有评论也好，堂而皇之得奖也好，所有这些属于写作行为结束以后的东西，都改变不了作家的必败处境。作家佩服大师的真正用心，在于不自量力地想击溃大师。他向别人已经成功的作品挑战，向自己完成并获得世俗好评的作品寻衅，他野心太大因此必定失败。失败本身无关紧要。好的作家，应该永远处在“继续探索那些未到达的领域的新起点”上，写作行为永远是开始，永远没有结束。唯一的结束是失败，是死亡。

如果要谈海明威作品给我的具体影响，那实在太多。对于一个把海明威小说当作文学课本来读的人，其潜移默化所受的益处无穷无尽。我自己试图写的第一个小说集，就是在形式上整个地模仿《在我们的时代里》。我的小说《五月的黄昏》中的林林，便是海明威笔下的涅克·亚当斯。我以林林为主角，写了一系列小说，写童年，写少年，写知道性和认识性。毫无疑问，绝大多数的小说都失败了，以至于有几篇我一直藏拙收好，不好意思拿出去。我新写的一个中篇小说《采红菱》的主角也还是林林，这可以算作海明威影响在我作品中残存的阴影。

海明威教给我许多尺度。他在《永别了，武器》中写道：“冬天一到，雨便下个不停，雨一停，霍乱也跟着来了。幸亏当局设法防备，军队中只死了七千人。”这说话的腔调和道貌岸然的逻辑关系，使我获益匪浅。这腔调和道貌岸然的逻辑关系，足以使我重新认识生活，认识世界。在这段不起眼的对话中，我感悟到一种新的哲学。海明威喜欢说一些似是而非的话，比如著名的冰山理论。似是而非其实就是真理，真理向来似是而非。

我从海明威那儿“偷”来了许多东西。“尺度”这词最恰当不过。我十七岁开始读《永别了，武器》时，堂哥三午开导我说："你注意到没有，海明威是怎么写性的，他全写了，可一点都不'黄'。"他在这儿谈的是海明威写性的分寸。性是海明威小说中重要的主题。海明威把该写的全写了，可他坚决地不色情。无聊的作家不是把性写得太美，就是写得太丑。很难明白，为什么大家老是不肯实事求是地对待性，只要读读当代的许多作品，留心一下作品的反响，便会非常生气地发现，无论作者也好，读者也好。在性这个问题上都不能实事求是。不是把它不当回事，就是太当回事。

你对冰山理论有什么见解？

没什么见解。海明威不过是捡了个现成的例子。太简单了，现代小说你不这么写，就不行。现代作家不按照冰山理论去写作是个非常危险的冒险。冰山理论是现代文学的 ABC。也许突破这一文学的 ABC 会有非常的成功。反正我暂时不打算冒险。

你如何评价海明威的语言？

海明威是我的恩师，我当然会说他的语言好。和汉语比起来，西方语言总让人有一种丰富华丽却又太繁缛的感觉。我们都有欧化语言意味着句子太长的经验。海明威仿佛梁山泊的黑旋风李逵，挥动两把板斧，把英语乱砍一气。海明威引起了小说语言的一场革命，我们坐享其成，不过是充分利用了这种成果。他的语言革命已经成了文学的一种传统，海明威式的行为和海明威式的对话，在今天已带有了不小的贬义，任何一个生硬的模仿者，都是走进了文学的死胡同。

学习海明威，要紧的是学他活的精神。他的造反和革命性是最好的遗产。

海明威的语言令人想到铁石心肠、不动声色。冰冷的描写和含蓄破碎的对话，是海明威留给后来人写作省略的规范。不幸的是，任何规范很快便会显现出其保守性。成功的例子都可能有这样的糟糕的结局。海明威用板斧在文学语言的荆棘中，劈开了一条生路。这条生路却因为过分程式化、公式化而变成新的死胡同。当代有志的小说家职责之一，就是从前人的文学死胡同中找出新的生路。

海明威语言是文学语言的一个高峰。他是为数不多的对语言有特殊情感的作家之一。他迷恋语言，就像一如既往地迷恋他笔下的那些冰冷的硬汉。他对语言的态度，足以使我们感悟作家这一职业可能会有的崇高。语言是文学的载体，只有通过它，才能让我们脑海中一瞬即逝的思想固定下来。作家所做的一切努力，不过都是为了寻找最有效的，能迅速、准确，甚至创造性地固定思想的语言。语言是镣铐和桎梏，打破一些镣铐和桎梏，本意仍然是为了制造出新的来。

对语言的评价，应该用现实主义，那就是看它是否最有效。为了最有效可以不择手段。简洁、晦涩、充满象征和暗示、华丽，凡此种种，都无所谓。语言是丰富的容器，盛得下一切美好的东西。海明威的语言是美好的，它实在是道好菜。

文学是痛，文学是善

——一次文学讲座上的发言

我想从自己生活经历中很重要的一件事开始说起，这件事情发生在一九七〇年，我十三岁，那时候刚上初中。

那是一个不用去上学的日子，好像是星期天，老师忽发奇想，把我们一个个都喊到学校去了。去了也没什么事，都扔在操场上玩，在和同学们戏闹的时候，我不幸被一块石头击中了眼睛。这完全是一个偶然事件，祸从天降，谁也没想到过它的后果有多严重。并不是很疼痛，我捂着眼睛跌倒在地上，印象中有一位工宣队师傅走了过来，他草草地看了看情况，说不得了，得赶快送医院，于是我被匆匆送往医院。

进了医院，门诊说是要做手术，就进了手术室。手术时间并不长，当时乱哄哄的，医院里正搞什么“医护工三结合”，医学权威都打扫厕所去了，什么人都敢拿手术刀。我也弄不明白究竟是谁在给我做手术，反正是几个人一边做，一边在讨论应该怎么做，一边还嘻嘻哈哈。然后手术就结束了，为了害怕相互影响，我的双眼都被蒙了起来。

几天以后，医生开始为我打开蒙在眼睛上的纱布，我听见一位女医生叹气说：

“不行，这里还得再补上两针。”

这是一位被打倒的专家，她的语气中充满了遗憾。然后就又去了手术室，再补两针。现在看来这一定是个很严重的医疗事故，那个时候是“文化大革命”，医院乱得不成样子，根本就没有“医疗事故”这个词。谁都没有顶真，我的母亲在旁边甚至都没有问一声为什么。医生的话总是有道理，他们怎么说，就只能怎么做。

当时，我父母都还在干校劳动。我眼睛受伤的消息很快传到了干校，但是在传播的过程中间，出现了一个小小的误差，变成是我把别人的眼睛打伤了。一位“造反派”立刻训斥了我父亲，说这是怎么回事，是不是阶级报复。父亲于是坐着火车赶到南京，愁眉苦脸地赶到医院。一路上，他都在痛苦思索，在想怎么办，该怎么面对别人的家长，怎么跟人赔礼道歉，等到知道是我的眼睛被别人打伤后，父亲深深地松了一口气，他觉得心里一块石头终于落地了。

父亲好像是当天就走了，因为干校就在郊区，他急着要回去向我母亲汇报。第二天我母亲来了，来了也无话可说，事情反正已经发生了，还能怎么样，她陪了我几天，因为我的双眼都被蒙着，无法自己照顾自己。然后就是打开没有受伤的眼睛上的纱布，这时候，我因为有一只眼睛已能看见，开始能够自理了，母亲也就立刻离开了，又回到了干校。接下来，我独自一人在医院里住着，到拆线的时候，医生试了试受伤眼睛的视力，已经很模糊了，只能看见手影在动。当时并不明白，我的一只眼睛已瞎了，毕竟还是个孩子，那只好眼睛还能看到东西，也并没有觉得有什么太了不起。

现在回忆这件事情，我并没什么抱怨，虽然它对我的人生之路影响非常严重，但在当时真的是很自然，很简单。我们非常平静地接受了这个现实，没有索赔一分钱，甚至都没有指责过肇事者。老师说，那位同学也不是有意的。这当然不是有意的，像这么巧的碰撞，想有意都不行。

对我来说，那次眼睛意外受伤，只是多米诺骨牌倒下的第一块牌，这以后的一切，接二连三，都好像是注定好了的，虽然我从小就不想当作家，但是在不知不觉中，偶然成全了必然，我七绕八弯，终于成了作家。

最终会走上文学这条路，我至今觉得非常滑稽。我的父亲被打成“右派”以后，他对文学充满了恐惧，所以从小就教育我不要写作，不要当什么作家。父亲觉得我长大以后干什么都可以，能为人民服务就行，但是只有一条路绝对不能走，这就是写小说，不要去耍弄笔杆了。

受家庭影响，我小时候有很多理想，唯一没有想到的就是当作家。我上初中的时候，特别喜欢玩半导体无线电，在高中和当小工人的时候，特别喜欢玩照相。与同时代的同龄人相比，我显然是那种数理化都说得过去的乖孩子，学习成绩好，听父母的话，不调皮捣蛋，从来不和别人打架，从来不欺负人，从来都是被别人欺负。高中毕业以后进工厂当了工人，我自学了高等数学，后来恢复高考，我最想报考的是医学院。

当时遇到的一个最现实的问题，是我受过伤的眼睛过不了体检关，这可是一个硬杠杠，体检不合格，一切都是白搭。最后我只好选择文科，文科才不管你是不是已经瞎了一只眼，文科意味着什么人都能干。印象中，一向很讲究的政审已经不重要，家庭出身也不重要，是不是“右派”子弟根本没关系，毕竟“四人帮”粉碎了，就要改革开放了。不过选择文科真不是我的本意，我只是傻乎乎地想上大学，当我收到南京大学中文系的录取通知书时，父亲没有给我一句祝贺，只是感叹了一声：

“没办法，又要弄文了。”

父亲把写作看成一件非常可怕的事，他的这种观点深深地影响了我。考上大学虽然很高兴，但是学文完全不是初衷，为此我常常感到找不到北，根本就不知道努力的目标在哪里。学文的人必须得有才气，我一直觉得自己最缺乏的就是才气。我丝毫没想到眼睛不好会把我逼到这条路上来，如果不是因为眼睛，我想自己更可能会成为一个科学家，我的性格很内向，不善于和别人打交道，把我扔在实验室里倒是非常合适。我并不在乎干那些单调无聊枯燥的工作，而且我的动手能力也很好，和周围的人相比，我在这方面明显地要高出一筹。

考上大学后，我一直是把写作当成一种玩的东西，无论是写小说还是发表小说，我都没有决定要当作家，都没有想到会把写作当作自己的职业。我用到“玩”这个词的时候，一点都不夸张。我只是觉得一个人业余写点东西挺有意思，写作是一种能力，是个人就应该具备这种能力，学文的人更是马虎不得。直到研究生毕业，到出版社做了编辑，写的东西开始多了，我才慢慢地走上了文学不归路。我和文学是地地道道先结婚，再恋爱，因为写作，我爱上写作，因为写作，我已经不可能再干别的什么事。我现在已经没有办法想象，还有什么能比文学更美好，更能让人入迷，离开了文学，我还能干什么呢。

我们常常会说文学是一种痛，为什么歌舞升平常常就不是文学？文学与珍珠的形成十分相似，珍珠是河蚌的一种痛造成的，是因为有了伤口，有了不适。文学同样是痛苦的结晶，没有痛在里面，就不可能形成美的文学。世界上好的艺术品，文学、音乐、绘画，都一定要有点痛在里面，要让你难受，要让你痛不欲生，只有这样，才有可能产生一些真正的好东西。好货不便宜，如果轻易就能够得到，如果说来就来，手到擒来，稀里糊涂地就产生了，那真的就不一定是珍珠。

不管真相是不是完全这样，我的眼睛所受到的伤害，它成全了我与文学的缘分。就个人的生活而言，这实在是一件很痛的事。一个人的伤痛往往是微不足道的，但是文学真的不能没有痛，无关痛痒是不行的。

文学痛在人心，没有痛，就很可能没有美，不妨以张爱玲小说中的一个痛为例。张的名篇《金锁记》大家一定都熟悉，七巧嫁给了残疾人，早年守寡，后来获得了一大笔钱，但是这钱使这个女人变成了一个恶魔。为了控制自己内向而美丽的女儿，七巧让女儿养成了很多坏习惯，包括抽大烟，后来女儿终于遇到了心仪的对象，谈婚论嫁，开始对未来有了美好向往，悄悄把大烟给戒了。一天，那个她爱的男人来找她求婚，可是七巧用一句话，就很轻易地把女儿的一生幸福给毁了。七巧说了什么，她告诉那个男人，说女儿“抽完了大烟就下来”。

为什么一个做母亲的人，要处心积虑地毁掉女儿的幸福。明明女儿已经在戒鸦片了，谁都知道戒鸦片是件很痛苦的事，她作为母亲，不帮女儿掩饰，却还要故意夸大其词。这就是张爱玲的过人之处，她看到了人性中那种无奈的痛，就忍不住要把它写出来。关于张爱玲小说有很多评价，我一直认为这个细节非常有力度，非常华美。写的人心痛，看的人也心痛。痛是一种难以言语的东西，不仅仅是美，也不仅仅是丑，它很揪心，像阴魂不散的鬼魂，像黎明前的雾气，它伴随着我们，让我们忍不住要叹息，忍不住要叫喊。

文学往往就是这样那样的一些痛，而痛中间始终都有善。事实上，只有善才能让我们更容易地体会到人生，才能确切地感受到文学中的痛。善根是文学存在的基础，好的文学作品里面不仅要有痛，要有痛的底子，还必须要充满善，一定要有些让人刻骨铭心的东西。我总是情不自禁地就会想到奥地利作家茨威格，想到他的自杀。茨威格或许不能算是一个很伟大的作家，但是他的小说《一个女人一生中的二十四小时》《看不见的收藏》都是非常好的作品。他出生在一个非常有钱的犹太人家庭，根本不需要文学来养活自己，他有点像当年的京剧票友，之所以会玩文学，是觉得文学很美，觉得文学很有意思，于是就从事了这项伟大的事业。

还是把话题回到我受伤的那只眼睛上，多年来，我一直觉得它只是个人的不幸，是命中注定，是生命中必须承受的痛。记忆中，我当时最大的恐惧，不是自己破相了，不是已经瞎了一只眼，而是医生要直接往我眼球上注射药水，这是治疗的必需，根本就不可能避开躲过。这个真是太恐怖了，医生把装满药水的注射器对我举起来的时候，我常常感觉到了世界末日。我孤零零的一个人，孤零零地在医院，身边甚至都没有一个熟人。事前事后都没有人安慰我，我胆战心惊地走向治疗室，因为注射将在这里进行，对于一个孤独的十三岁孩子来说，这真是很糟糕的一件事。

每次注射我都感到自己想吐，很疼，头痛欲裂。每次我都要独自一人在治疗室呆坐半天，医生觉得我很勇敢，护士觉得我很可怜，她们时不时地会表扬我几句。多少年来，我一直不愿意回忆这事，我一直都在试图忘却。然而我第一次觉得它的严重性，却是在二十多年以后，当时是在上海，跟余华和苏童三个人在一个宾馆里聊天，无意中谈起当年。当我说到父亲听说是自己儿子被别人打伤，而不是儿子打伤别人，心里竟然是仿佛一块石头落地，余华就在原地跳了起来，说这太恐怖了，这叫什么事呀，怎么会是这样。

这个例子足以用来形象地说明“文化大革命”中的残酷，多少年来，父亲在儿子眼睛受伤这件事上，无论是他自己，还是别人，更多的感慨都是那个特殊时代的巨大阴影，也就是余华的本能反应。

今天，当我们以一种近乎控诉的心态回忆，重温“文革”的历史，往往会意气用事，会居高临下，会觉得有很多往事不可理喻，会觉得怎么这样怎么那样。可是事过境迁，心平气和地回想往事，回想到我的眼睛受伤这个事件，似乎还可以找到另外一种答案。对于历史可以有不同的解读，事实上，我太了解父亲的为人，即使不是在“文革”这样的年头，即使不是被打成“右派”，他仍然也不会愿意自己的孩子去伤害别人。

自己的孩子伤害了别人，这是一件非常糟糕的事情，如果一定要他做出选择，我相信他会选择让自己孩子受伤。这显然又与时代没有什么关系了，是不是“文化大革命”并不重要。就好像热爱文学很可能会是我们的天性一样，怕伤害别人也是文学的重要品质。怕伤害别人是什么，说白了这就是一种善，一种很大的善。善在文学中同样有着非常特殊的地位，文学光有痛还是不行，还必须得有善，要有大善。文学并不是用来复仇的，不只是还债，锱铢必较，睚眦必报，这不是文学。文学可以控诉，但绝不能仅仅是控诉。

我一直认为《在酒楼上》是鲁迅最好的小说，它的情节很简单，小说主人公吕纬甫回老家完成母亲叮嘱的两件事：一是为自己早逝的小兄弟迁坟，老母亲总是对死去的爱子念念不忘；二是为一个小女孩送她想要的剪绒花，这个小女孩曾为了想得到这剪绒花挨过骂，因此老母亲一直把这事放在心上。结尾也很简单，前一件事很顺利地完成了，后一件却无法完成，因为那小女孩听信他人的谎话，以为自己会嫁给一个连偷鸡贼都不如的男人，结果郁郁寡欢，生痨病死了。

一个老母亲对死去的小儿子牵肠挂肚，一个美丽的小女孩被谎言蒙蔽，并因此丢了性命，这些并没有什么实际意义的小事，细细品味，不禁让人扼腕叹息。好的小说就是这样，不要太多，有那么点意思就行了。文学常常不是说什么大道理，有时候就是表现一些非常细腻的小情节，这种东西很小，却很痛，很善，因此也就会显得非常美。

文学往往就是从很小的地方开始思考，我祖父曾反复告诉我，你一定要用心去发现。文学往往不是去考虑这个东西有没有意义，考虑它有没有用，而是去发现一些看似十分平常的东西。你必须要静下心来，要有一双能够发现的眼睛，要有一双会观察的眼睛。要有心，要能敏感地感觉到痛，要能敏感地感觉到善。文学并不是什么了不得的东西，它也许很平常，也许很简单，但是一定要痛，但是一定要善。

2009年

困学乃足成仁

——青年作家读书班上的讲话

又站在了讲台上，真是件让人尴尬的事。我常常会这么想，什么时候可以真正一劳永逸地远离这样的文学讲座就好了。为什么呢？有两个原因，首先是在我自己，不愿意这么讲，不喜欢这样的讲座。关于文学、关于写作，我该说的话都写在文章里，斟词酌句，自忖写得比较认真，比较当回事，你们真想知道我打算说什么，可以去看我的文章。不管怎么说，写出来了，落实成文字，肯定要比随口说强得多。关于文学和写作的话题，三言两语根本讲不清楚，我知道自己讲不好，所以很不愿意讲。

其次，从听众角度讲，类似的文学讲座也确实没用，没那个必要。在日常生活中，会议实在太多了，有人做报告，有人听报告，这成了我们无聊人生中很重要的一部分。发言的和听发言的都习惯说套话，不是说这活动很有意义，便是听了某某人讲话很有启发。以我自己的个人经验，学习写作三十多年，从没有听到过真正有意义的文学讲座。没有谁是靠听了什么讲座成为作家的，说句很不客气的话。在今天这个世界上，无论国内还是国外，文学活动只是个活动，办讲座、做讲座、听讲座是这些活动的一部分，它不过是文学十分多余的一个附加品，就好像是人身体器官中的盲肠，真把它给割了，一点关系都没有。

请容许我再说一句非常得罪人的话，在座诸位如果认为参与这种文学活动真有意义的话，那么你们的文学前景一定是不太乐观的。如果你们看重这些活动，那么文学很可能会不看重你们。在我看来，什么文学讲座，什么作家班，都是没有实际意义的，你们完全可以远离它们。当然我也知道，通过参加这类活动，去读一个作家班，情感上可能会觉得离文学近了一些，不过恕我直言，很多文学活动或者说大多数文学活动就是个热闹，就是个肥皂泡，有关写作的这班那班，和真正的写作并没有太大关系。

窗户纸一捅就破，打开了天窗说亮话，我今天把不该说的话先说了，所谓丑话说在前头，你们可能很不习惯我这种说话方式。

我知道你们心里一定在想，既然觉得今天这样的讲座没意义，为什么还要厚着脸皮过来？为什么还要感觉良好地站在讲台上？不只是你们会这么想，我也在这么想，也在这么自责。人活在世上，不如意事十有八九，常常是不想干的事比想干的多，不该干的事比该干的多，今天的这次碰面就是一个最好例子。我要是说老实话，说自己并不是为了你们而来，你们听了一定不高兴，一定会生气，但是事实就是这样。我真不是因为你们才答应这次讲座的，类似的讲座我已经拒绝了无数次。

我是因为熟人才来到这里的，说老实话，我一点都不看好你们。一个搞文学的人，必须要说老实话。差不多三十年前，我父亲和当时的作协领导也参加过一个类似今天的讲座，那位作协领导对听讲座的人说，我很高兴和你们在一起，你们的前途非常美好，我觉得你们中间很可能就有未来的托尔斯泰，你们就是未来的文学大家。这位领导的话很励志，引起了热烈掌声，接下来轮到我父亲发言，我父亲是个老实人，只会说大实话。他结结巴巴地说，哪会有那么多的托尔斯泰，哪会有那么多名家大家，写作无非就是写写自己想写的东西，你们如果喜欢写，想写，把它写出来就行了。

回家以后，父亲很沮丧，他对我说，自己说了老实话，可是老实话往往是不中听的，听的人不高兴，说的人也不会高兴。本应该是件让大家高兴的事情，为什么要弄得彼此都不愉快，然而这又是个非常残酷的事实，喝点心灵鸡汤成不了一个胖子，世界上只有一个托尔斯泰。王侯将相宁有种乎，我凭什么就不看好你们呢？凭什么就认为你们成不了名家大家，成不了托尔斯泰？说话全凭一张嘴，正说反说都可以，我为什么不可以说几句漂亮话来讨好你们呢？原因很简单，在名目繁多的文学活动中，你们不缺这样的好话，不缺这样的恭维，我干吗还要再说废话呢？

废话已经说得太多了，还是赶快进入正题，今天已经来了，来了必须说些什么，必须把剩下来的时间对付过去。我究竟要说些什么呢，标题已事先登出来了，就是黑板上这几个字，“困学乃足成仁”，为什么是这几个字？

我想告诉大家，说到底，我还是个认真的人。为了今天的讲座，抱着一种非常认真的态度，对于我来说，这次讲座完全是一种知其不可为而为的行为，也就是黑板上的这个“成仁”二字的意思。明知道有可能是一次冒险，是一次无谓的牺牲，可是我还是来了，还是做了认真的准备，还是写了讲稿。我知道，很多人会认为这样的讲座很容易，没有人会当真，不值得这么当回事。嘴上虽然不明说，心里都会这么想。作为一个文学江湖上闯荡了这么多年的老手，还要为一次给读书班的学生讲课写讲稿，还要做所谓精心的准备，这个有点搞笑，只能说明我的口才太差，太把不是事的事当回事了。

什么叫作“困学”呢？这两个字的意思其实很容易理解。我现在的这个讲演状态就是一种标准的“困学”，你们坐在下面的表情也是。困就是困惑，就是迷惑，就是想不明白。路漫漫其修远兮，吾将上下而求索。困学是人生的一种常态，是搞文学的人必须面对的残酷现实。今天来听讲座的都是“屌丝”，不管你们喜欢不喜欢这个词，讨厌不讨厌这个标签，不管你们的未来是不是发达，能不能成为文学名家，只要今天你们坐在这里，你们就是文学的“屌丝”，就摆脱不了这个让人看上去并不快乐的字眼。很显然，如果不是，你们也不会傻坐在这里。

那么什么是“屌丝”呢？冯小刚对这词曾经很愤怒，之所以会愤怒，是因为他不知道这个词的原义，只看到了字面上的庸俗和不文明。事实上，真知道这词是什么意思，我们也就释然了。屌丝的来源和体育有关，和足球有关。有一个叫李毅的足球运动员，他也曾经风光过，一度还被称为“李毅大帝”，他的粉丝不叫“毅丝”，叫更易上口的“帝丝”，而这个“帝”拼音字母是“D”打头，因此，“帝丝”又成了“D丝”，最后干脆转成了“屌丝”。如果李毅的足球真能踢得像梅西那么好，像贝克汉姆那样有人气，“屌丝”就一定不是今天这个惨不忍睹的样子。可悲的是中国足球太让人失望，城门失火，殃及池鱼，足球不争气，运动员自身不行，连带他的粉丝也跟着一起受累了。

用“屌丝”来形容喜欢文学的人恰如其分，首先，和足球一样，中国文学太让人失望，太容易让人宣泄不满。在今天，骂中国文学和骂中国足球一样，怎么骂都可以，怎么羞辱都没关系。这个就是悲剧，如果你们喜欢足球，如果你们喜欢文学，那么就准备骂人或者挨骂吧。文学的光彩早就不复存在，二十世纪的八十年代，文学曾经非常风光。对于你们的父辈来说，文学差不多就是那个时代的泡妞利器，可是今天的文学只能是和没希望的“屌丝”一词相伴，看看《非诚勿扰》上的征婚市场行情便明白了，当一个男生怯怯地说自己喜欢写诗、喜欢文学时，等着他的就只能是一片灭灯声了。

因此在今天，文学绝不是什么伟大光荣的事业，真相让人沮丧，真相毕竟就是真相。我们都是“屌丝”，承认也好，不承认也好。文学不再光鲜，不再是什么了不得的事情。文学的高调时代早已经结束，很难说它还能够触底反弹。因此，困学的“困”就是文学的困境，而真正的文学，就是在困境中还能够继续坚持，还能够继续“文学”。

在困境中的坚持并不容易，我随便举个例子，说说文字的历史。我们都知道，最初的文字都是象形的，就像我们的汉字一样。可是在文字发展历史中，还有一个拼音化的过程，在世界范围内，拼音化曾经非常主流。一百多年前，中国太落后，不仅是在经济上，更重要是在思想上也远远落后于世界各国，因此当时的仁人志士，都主张改革，主张白话文，主张简化字，有人干脆提出了要走拼音化的道路。

然而汉字最后并没有拼音化，为什么呢？为什么能躲过这一劫呢？有两个原因：一是近代世界变得相对文明了一些，中国虽然受欺负，差一点被列强肢解，但是在亡国威胁下，始终没有真正的死亡，它总是还留着最后一口气。国家不亡，汉字也就暂时不会亡。二是电脑解决了汉字输入难题，电脑时代刚开始的时候，很多人都预言象形文字会被最后淘汰，因为很多人都认为，汉字的输入几乎是不可能完成的。历史上曾有一个大作家林语堂靠写作在美国赚了很多钱，他的理想是发明汉字打字机，因为这个发明能让他赚更多的钱，结果却是让他破了产。

我们的汉字躲过了拼音这一劫，古埃及的象形字没有这么幸运了，古代的征服者不仅征服了这个文明古国，而且强制实行了拼音化，结果就是，很快谁也不再认识古埃及的象形字。

使用了三千多年的古埃及文字，突然就中断了、消逝了，此后差不多有八百多年，没有人再认识那些象形文字说的是什么，大家只能像猜谜一样去揣测古埃及文明。很多学者都只能在黑暗中苦思冥想，直到八百年以后，拿破仑军队中的一名学者无意中发现了一块有碑文的石板，那是古埃及文字的布告。上面同时写有好几种文字，有希腊文，还有当时的俗体字，这些文字可以对照起来看，因此也就获得了了解古埃及文字的密码。

重提这个故事的目的是什么呢？我想告诉大家，文明的历史中有很多不文明的事情，而我们这些喜欢写作的人，很可能就像迷失在埃及古文字中的探索者，我们一次次试图接近那些古代文明，可是很可能根本找不到正确的方向。我们被困住了，古文明就在面前，却怎么也解释不了它们。文学的意义在于始终有那样一些勇于追求的人，他们处于黑暗中，处于迷失中，然而他们没有放弃，他们不屈不挠，也许他们一生都在追求，结果什么也没得到。

这个就是标准的“困学”，学问的追求从来就不是什么轻松的事情，不是听一两次讲座就可以立刻解决，写一两篇文章就能成仙得道。艺术是什么？艺术就是克服困难。也许我们的一生，注定没有机会遭遇到那块写有密码的石板，我们只是无数苦思冥想古埃及文明的人中的一员，但是人生的意义就在于，恰恰是因为无数人的苦思冥想，因为不放弃的追求，当那块写有密码的石板出现在面前时，我们才有可能恍然大悟。事实上，像这样刻有密码的石板在过去一定很多，它没有被发现、被重视，很重要的原因，是没有遇到那些为它苦思冥想的人。

再举一个唐诗的例子。小时候我喜欢看、喜欢背诵，有时候，为了测验自己的老化程度，就想想还能记得的唐诗，默默地再背诵几首。结果很痛苦，我明白自己真的是老了，有太多的已经忘记。说起唐诗，我始终有两个情结，第一是排行榜情结，总会想这个人那个人在三百首中被选了几首。我认识的一个熟人，他对唐诗的评价标准，就是三百首中的入选数量，在他看来，谁入选的多，谁就是好诗人。这个标准当然有严重的问题，是可笑的，注定会带来遗憾，譬如我非常喜欢李贺的诗，查遍《唐诗三百首》，却找不到一首李贺的诗，是可忍，孰不可忍。《唐诗三百首》影响巨大，可是没选李贺，我一想到就觉得不能原谅，不应该原谅。

这个其实也是一种困惑，为什么李贺会落选呢？为什么？这种思考也许有助于我们进一步认识，让我们意识到自己的处境。一个喜欢写作的文学“屌丝”，你所面临的困局，有时候不只是能不能找到克服艺术困难的密码，有时候就算你已经找到了，同样会不被认可。这个困惑的存在，对写作者的打击常常会很巨大，如果我们写得不好，不被理解或许属于正常。可是我们明明已经写得很好了，还是不被理解。为什么写作者会被称为“屌丝”？说老实话，常常是因为后一种原因，因此“屌丝”一词，更多的一层意思是郁郁不得志，因为不得志，所以只能自嘲，只能自我安慰。你想，如果你已经写得很好了，仍然不能被接受、被认可，那么除了自嘲和自我安慰，还能怎么样呢？连李贺都进不了《唐诗三百首》，我们又何必去在乎这奖那奖，在乎能不能写入教材，在乎能不能进文学史？

常常会听到一些似是而非的观点，听上去理直气壮，其实完全不通。譬如说，一个人只要留下几篇好文章，写出几首好诗就可以了，像王之涣，大家常见到的只有两首，都收进了《唐诗三百首》，据说他的诗能找到的也就六首。于是结论就可能很简单，你用不着下死工夫去练习写作，用不着拼命地去写，你完全可以投机取巧，女作家丁玲当年有个时髦观点，就是“一本书主义”，什么叫一本书主义呢？就是写好了一本书，一辈子管吃管喝。

这样的例子确实存在，说到底，还是运气在起作用。运气和彩票一样，本来都是不靠谱的，可遇不可求。谁都想名扬天下，谁都想一炮而红，像我这样，已经写了三十多年，仍然还不能靠一本书吃喝一辈子。网上关于我有个评论很好，说这家伙不温不火，大奖基本上跟他无缘，因为不温不火，就只能一直老老实实地写下去。这个评论很好，评到了点子上，点中了要害。我不得不承认自己始终处于不温不火的困惑之中，时至今日，虽然混到已经可以跑到讲台上来对年轻人胡说八道，我仍然保持着一种很沮丧的“屌丝”心情。这么说绝对不是矫情，你们知道很多头衔都是假的，现如今，一说到什么著名作家，大家都会窃笑，因为只要是个作家，基本上都著名，还有作协的主席、副主席，有名有姓的几乎都是。

困学对于我们来说是很正常的事情，一个热爱写作的人，一个喜欢做学问的人，如果感受不到这个“困”字，如果没有走投无路的迷惑，没有写不出来的痛苦，并不一定是件好事。走上文坛的道路注定了艰辛，起码对于大多数人来说都是这样。一句话，困学不一定是成功的必要途径，而成仁却往往会是最后结果。

我很愿意与大家一起分享自己刚走上文坛时的一些经历，有些故事今天说起来很轻松，有点像老红军回忆爬雪山过草地，很容易让人产生误会，感觉是在卖弄，有一点小人得志。我想在座的诸位，一定有过被退稿的感受，当我们兴致勃勃地将一篇已经完成的稿子投递出去时，我们以为自己的文章写得很不错，结果呢，结果就是石沉大海，你等呀等呀，像痴汉等老婆一样地等候着那个女人出现。终于有了一种很不祥的预感，你在猜想，编辑可能不喜欢这篇稿子，领导可能不愿意签字，反正到最后，这篇稿子因为这样那样的理由，被退了回来。

刚开始写作那些年，很多稿子被冷漠地盖了一个公章退回来了。我是个没有收藏习惯的人，有时候就想，如果这些退稿信都保留下来，其实也挺有意思。有些退稿信很长，是年轻的编辑写的，表达了自己的一份无奈，撇清了关系，强调是领导不喜欢才退稿。在开始写作的那些年，我手上大约有三十万字这样的小说，有时候，觉得很充实，因为一下子寄出去了十篇小说，分布东西南北各个方向，东方不亮西方亮，总会有一篇小说交上好运。然而事实却是，当你运气很糟糕的时候，那些寄出去的小说，最后像放飞的鸽子，一只接一只地又飞了回来。

差不多有五年时间，我都是在这种退稿的伴随下坚持写作。我在心里骂过娘，沮丧过，但是总算坚持下来了。之所以能够坚持，不是觉得最后一定会成功，而是因为写作，因为不断地写，渐渐地喜欢上了写作。我喜欢这种能够不断地写下去的生活状态，每天能够写一些，这种日子让人感到非常知足。很多人都不相信我有这样的经历，在他们心里，这家伙不过是个“文二代”“文三代”，是个有背景的人。直到现在，网上还会有这样的文字，认为我是依靠家庭背景才混出来的，认为这家伙没有什么真才实学。

我从来都不是个信心十足的人，即使到了现在，还是不太相信读者已真正接受了我。阅读早已经变得越来越不重要，我知道，我们辛辛苦苦写出了小说，编了一个个自以为动人的故事，其实根本没什么人在看。我甚至相信，坐在下面的你们，对我的作品也是所知甚少。毫无疑问，我已经写了一大堆东西，吹嘘说著作等身也未必有什么大错，如果真要给自己定位，也就是个日积月累写了一大堆东西的人。我的人生意义是什么呢？没什么可以值得炫耀，除了那些用文字固定起来未必真有人看的文章，其他的都微不足道。百无一用是书生，这就是我。

因此，今天不跟你们谈什么成功，我要说的是成仁。什么叫成仁呢？最早知道这个词是小时候看电影，电影中坏人走投无路时的一句台词，用气急败坏的口气喊着：“不成功便成仁。”小孩子不懂什么叫成仁，因为是从坏人的嘴里吐出来的，狗嘴里吐不出象牙，因此一直认定它不会是什么好东西，后来才知道“成仁”是一种壮举。在现实生活中，人生的价值往往通过成功来体现，成功学是最好的心灵鸡汤，但是在今天，我更想告诉大家的，是成仁比成功更有意义，享受写作要比享受写作的成功更美好，成功是不可控的，我们所能把握的只是成仁。

文学上的成仁是什么呢？是明知其不可为而硬为，是放弃成功的希望，是去掉这样那样的幻想。成仁可不是什么狗急跳墙，成仁是一件很从容的事情。所谓困学，就是置之死地而后生，大家不妨想象一下自己的前景，不要说成为托尔斯泰的际遇几乎为零，在当下的文学环境中，靠写作能不能养活自己都是个大问题。眼下稿费稍稍涨了一些，就是按照目前这样的标准，写小说，尤其是写专家们和评论家所认定的纯小说，就算不考虑是否能够发表，就算你们写一篇能发表一篇，就算你们每个月都能发表一个短篇小说，仍然不足以维持最基本的生活。

事已如此，残酷的文学现实就是这样，我觉得不能再用励志的办法来鼓励年轻人写作。我希望大家都能够意识到，我们之所以选择文学，不是因为文学伟大，不是因为文学能够改变世道人心，不是因为文学需要我们，而是我们更需要文学。这个世界上，永远都会有一些喜欢阅读和喜欢写作的人，我们恰恰就是这些人中的一部分。就像唐朝的那些诗人一样，他们写诗，只是愿意写，只是想写。在伟大的唐朝，并没有稿费，并没有文学的这奖那奖，并没有专业和职业作家，很多今天说起来很著名的诗人，譬如李白和杜甫，都是非常渺小的人物，都是不折不扣的“屌丝”，常常连饭都吃不饱。

因此，我真心希望大家能放下身段，轻装上阵。文学披挂着光环的时代早已一去不返，如果我们不能享受文学的困局，不能忍受文学的冷漠，忍受被忽视，最好的办法就是远离文学而去。

什么叫享受文学的困局呢？简要地说，就是充分享受写作的过程。结果不重要，唯一重要的是想写和能写。对于一个热爱写作的人来说，光是想，不能去货真价实地去写是悲哀的。文学光靠想不行，全凭嘴皮子去说也不行，一个作家除了写别无出路。毕竟写了能不能发表已经不再像过去了，现在有网络，有博客，和我当年的无处发表不一样，你们显然已经有了更好的机会。

最后想说一个小故事，我上大学的时候，老师跟我讲过一个研究古代汉语的人，如何去做学问。他受命去编《汉语大字典》，为一些词语做解释。这个事情说不难也不难，要说难确实真的难。譬如他要为“手心”这个词做注解。我们知道，如果有图像，这个解释太容易了，可是要用文字表达，要用最简短的文字来注释，这个并不容易。我的老师为了“手心”想了很久，黔驴技穷，最后忽然有了想法，写下了这么一句：

手指弯曲时触摸的位置。

很多人对这样的做学问不以为然，认为这根本不算大学问。然而我觉得这个就是学问，什么叫学问？学问学问，是要学会问。人有困惑，然后才能提出疑问，有了疑问，才会去寻找问题的答案。大问题、小问题都是问题，文学就是傻乎乎地去解决自己认为是问题的问题。

世界上有很多美好的事，而我们恰巧属于那些喜欢文学的人。喜欢文学是一种缘分，人生的最高境界莫过于喜欢，正因为如此，玩文学就很可能变得非常严肃。世界上有很多美好的东西可以把玩，我们偏偏选中了文学，既然已选中，已经一见钟情，那么只能希望你们慎重一些，希望你们能从容地面对，希望你们能够舍身成仁。

2014年12月6日

赴杭州途中